이방인

위의 큐알코드를 스캔하면 한글판 PDF와
프랑스어판 PDF를 다운받을 수 있습니다.

이방인
L'Étranger

2025년 9월 01일 초판 1쇄 인쇄
2025년 9월 15일 초판 1쇄 발행

지은이 알베르 카뮈
옮긴이 더페이지
발행인 손건
편집기획 김미정
마케팅 최관호
디자인 김정희
제작 최승용
인쇄 선경프린테크
이미지 www.shutterstock.com

발행처 열린문학
주소 서울시 영등포구 영신로 34길 19
등록번호 제 312 - 2006 - 00060호
전화 02) 2636 - 0895
팩스 02) 2636 - 0896
이메일 elancom@naver.com

ISBN 979-11-7142-089-6 03860

*열린문학은 ***LanCom***의 문학 · 인문 브랜드입니다.

이방인

L'Étranger

알베르 카뮈 지음 + 더페이지 옮김

열린문학

알베르 카뮈 (Albert Camus)

20세기 문학과 철학을 대표하는 프랑스 작가이자 사상가. 프랑스령 알제리에서 태어나 가난한 환경 속에서도 문학과 철학을 통해 인간의 본질을 탐구했다. 그의 작품은 인간 존재의 불합리함과 삶의 부조리 속에서도 끝까지 살아가려는 태도에 주목한다.

〈차 례〉

제1부

1

오늘 엄마가 죽었다. 아니, 어쩌면 어제.

모친 사망, 내일 장례식. 근조謹弔

양로원에서 전보를 받았다. 그것만으로는 아무것도 알 수 없다. 아마 어제였는지도 모르겠다.

양로원은 마랭고에 있다. 알제에서 80킬로미터 정도 떨어진 곳이다. 2시에 버스를 타도 오후 안에 도착할 것이고 그러면 밤샘을 하고 내일 저녁에는 돌아올 수 있을 것이다.

나는 사장에게 이틀 동안의 휴가를 청했다. 이유가 이유니만큼 사장도 차마 거절하지는 못했다. 하지만 떨떠름한 눈치였다. 나는 얼떨결에 이런 말까지 했다.

“그건 제 탓이 아닙니다.”

사장은 아무 대꾸도 하지 않았다. 그제야 나는 그 따위 말은 하지 말았어야 했다는 생각이 들었다. 사실 내가 왜 변명을 해야 한단 말인가? 오히려 그가 나에게 조의를 표하고 위로하는 것이 마땅한 일 아닌가?

그러면서도 한편으로는, 아마 모레, 내가 상장을 달고 있는 걸 보면 사장도 조문하겠지. 지금은 엄마가 죽었다는 것이 실감이 나지 않아서 그럴 것이다. 내일 장례식을 치르고 나면 그 모든 것이 확정적인 사실이 되어 공인된 격식을 갖추게 될 것이라는 생각이 들기도 했다.

나는 2시 버스를 탈 생각이었다. 날씨가 무척 더웠다. 나는 늘 그랬던 것처럼 셀레스트네 식당에서 점심을 먹었다. 식당 사람들은 모두 나에게 가엾게 되었다고 위로하며 슬퍼해 주었다.

"어머니는 세상에 단 한 분뿐인데 말이야."

셀레스트가 말했다.

게다가 내가 식당을 나설 때는 모두들 나를 문간까지 바래다주었다. 뜻밖에 작별인사가 길어지는 바람에 나는 좀 어리둥절했다. 얼른 에마뉘엘의 집에 들러 검은 넥타이와 상장을 빌려야 했던 것이다. 그는 몇 달 전에 아저씨를 잃고 상을 치렀다.

나는 버스를 놓치지 않으려고 뛰어갔다. 아침부터 줄곧 시간에 쫓겨 그처럼 급박하게 서둘러대며 달음박질쳐 겨우 버스에 올라타자 잠이 쏟아졌다. 버스가 흔들리는데다가 가솔린 냄새 그리고 길과 하늘에 반사되는 뜨거운 햇빛에 지쳐버린 것이다. 차를 타고 가는 동안 거의 내내 나는 잠들어 있었다. 문득 잠을 깨고 보니 나는 어떤 군인의 어깨에 기대어 자고 있었다. 그는 나에게 미소를 지었다.

"먼 데서 오시나 봐요?" 그가 물었다.

"네." 나는 짧게 대답했다. 말이 길어지는 게 싫었다.

양로원은 마을에서 2킬로미터쯤 떨어진 곳에 있었다. 제법 먼길이었지만 나는 천천히 걸어갔다. 양로원에 도착하자마자 엄마를 보겠다고 했더니 먼저 원장을 만나야 한다면서 기다리라고 문지기가 말했다. 원장은 무척 바빴다. 그래서 나는 조금 오래 기다려야 했다. 그동안 문지기는 내 옆에서 줄곧 뭐라고 계속 지껄이고 있었다.

이윽고 원장이 자기 사무실에서 나를 맞았다. 키가 자그마한 그 노인은 레지옹 도뇌르 훈장을 가슴에 달고 있었다. 그는 맑은 눈으로 나를 쳐다보며 악수를 청했다. 그러고는 어찌나 오랫동안 손을 붙들고 놓지 않는지 그의 말을 듣는 내내 나는 그의 손에서 내 손을 어떻게 빼내면 좋을지 궁리하고 있었다.

"뫼르소 부인은 3년 전에 이곳에 들어오셨군요. 의지할 사람이라곤 당신밖에 없구요."

원장이 서류를 뒤적이면서 말했다.

나는 그가 나무라는 것만 같아서 사정을 설명하기 시작했다. 하지만 그는 바로 내 말을 가로막으며 말했다.

"변명할 거 없어요. 어머니의 서류를 읽어봤는데 당신은 어머니를 부양할 수 없는 처지였더군요. 월급도 얼마 안 되고 말이죠. 어차피 어머니한테는 돌봐줄 사람이 따로 있어야 했으니까, 따지고 보면 어머니는 여기 계셨던 게 더 행복하셨을 겁니다."

"네, 맞습니다, 원장님." 나는 대답했다.

"여긴 어머니와 같은 연배의 친구들이 많이 계시니까 서로 옛날이야기를 나누며 지낼 수 있었을 겁니다. 당신은 젊으니까 혹시 당신과 함께 살았더라도 어머니는 아무래도 적적하셨을 겁니다." 그가 덧붙였다.

그건 사실이었다. 집에서 함께 살고 있었을 때, 우리는 서로 별로 할 말이 없었고, 그래서 엄마는 늘 아무 말없이 그저 나를 지켜보기만 하면서 시간을 보냈다.

양로원으로 들어가고 나서 처음 며칠 동안 엄마는 자주 울었다. 하지만 아마도 그것은 그동안의 습관 때문이었을 것이라고 나는 생각한다. 몇 달이 지난 다음에 혹시 양로원에서 다시 집으로 모셔오겠다고 했더라도 역시 엄마는 습관 때문에 울었을 것이다.

마지막 해에 내가 양로원에 거의 가지 않았던 데에는 그런 이유도 있었다. 게다가 양로원에 가려면 버스 정류장에 가서 표를 사가지고 2시간이나 차를 타고 가는 수고는 그만두고라도 일요일을 고스란히 빼앗겨야 했다.

원장은 이야기를 계속했다. 하지만 나는 듣는 둥 마는 둥 하고 있었다. 마침내 그가 말했다.

"어머니를 보셔야죠."

나는 아무 대답 없이 자리에서 일어섰다. 그가 방문을 향해 앞장서 갔다. 층계 앞에 이르자 그가 설명을 덧붙였다.

"시신은 조그만 영안실로 옮겨놓았습니다. 다른 사람들을 자극하지 않기 위해서지요. 원내에서 사망자가 생길 때마다 한 2, 3일 동안은 사람들의 신경이 무척 날카로워지거든요. 그래서 그 동안은 일하는 사람들이 무척 어려워져요."

우리는 안뜰을 지나갔다. 안뜰에 꽤 많은 노인들이 나와 있었는데 여기저기 두서넛씩 무리를 지어 이야기를 나누고 있었다. 우리가 각각의 무리를 지나칠 때마다 노인들은 우리가 지나가는 동안 잠시 말을 끊었다가 우리가 지나가고 나면 다시 이야기를 계속했는데, 마치 앵무새들이 나직하게 재잘거리는 소리처럼 들렸다.

우리는 조그만 건물 앞에 이르렀다. 원장은 문 앞으로 나를 이끌면서 말했다.

"나는 이만 가보겠습니다, 뫼르소 씨. 나를 만나려면 언제든지 사무실로 오면 됩니다. 원칙적으로 장례식은 아침 10시로 예정되어 있습니다. 고인 곁에서 밤샘하실 것을 생각해서 그렇게 정한 겁니다. 그리고 끝으로 말씀드릴 게 하나 있습니다. 어머니께서 생전에 장례식을 종교장으로 했으면 좋겠다고 가끔 원우들에게 말씀하셨답니다. 그래서 우리는 장례식을 종교장으로 하기로 결정했습니다. 필요한 준비는 모두 해놓았습니다만 미리 알아두셔야 할 것 같아서 말씀드리는 겁니다."

나는 원장에게 고맙다고 인사했다. 하지만 엄마는 무신론자라고 말할 정도까지는 아니라도 생전에 종교를 마음에 둔 적은 한 번도 없었다.

나는 안으로 들어갔다. 벽은 하얗게 회칠이 되어 있고 커다란 유리창이 달린 아주 밝은 방이었다. 의자들과 X자 모양의 굄대로 괸 틀들이 여러 개 놓여 있었는데, 방 한가운데에 있는 두 개의 틀 위에는 뚜껑이 덮인 관이 가로놓여 있었다. 호두 기름을 칠한 판자 위에 대충 박아둔 나사못들이 번쩍거렸다.

관 옆에 흰 블라우스를 입고 머리에 짙은 빛깔의 수건을 쓴 여자 간호사가 있는 것을 보고 다가가려는데 문지기가 뒤따라 들어왔다.

"입관을 했지만, 내가 나사못을 뽑아드리죠."

뛰어온 모양인지 그는 숨이 차서 좀 더듬거리며 말했다. 나는 급히 관 쪽으로 가까이 가려는 그를 붙잡았다.

"안 보실 겁니까?" 그가 나를 돌아보며 물었다.

"네."

문득 하지 말아야 할 말을 했다 싶어서 난처해졌다.

"왜요?"

조금 있다가 그는 다시 나를 쳐다보면서 물었다. 하지만 나무라는 어조는 아니었고 그저 궁금해서 물어보는 것 같았다.

"모르겠어요." 나는 대답했다.

"하긴 그렇기도 하실 겁니다."

그는 흰 수염을 손으로 비틀어 꼬면서 나를 쳐다보지도 않고 말했다. 조금 붉은 빛이 도는 노인의 얼굴에서 푸르고 맑은 두 눈이 아름다워 보였다. 그는 나에게 의자를 권하고 자기도 내 뒤에 조금 떨어져서 앉았다. 그때 간호사가 일어서서 문 쪽으로 걸어갔다.

"종기가 나서 저래요." 문지기가 일러주었다.

나는 그게 무슨 뜻인지 몰라서 간호사를 쳐다보았다. 그 여자는 눈 밑을 붕대로 감고 있었는데, 머리까지 한 바퀴 돌려 감은 붕대는 코 높이에서 편편해져 있어서 얼굴을 온통 하얗게 가리고 있었다.

간호사가 나가버리자 문지기가 말했다.

"혼자 계시게 해드리겠습니다."

내가 어떤 몸짓을 했는지 모르겠지만 그는 내 뒤에 선 채로 나가지 않고 그냥 있었다. 하지만 그렇게 내 등 뒤에 사람이 서 있는 것이 나는 몹시 거북했다. 저물어가는 오후의 아름다운 햇살이 방안에 가득 들어차 있었고, 말벌 두 마리가 계속 유리창에 부딪치며 붕붕거리고 있었다. 졸음이 쏟아지기 시작했다. 나는 고개를 돌리지 않은 채 문지기에게 물었다.

"여기 오래 계셨어요?"

"5년 됐습니다."

처음부터 내가 그렇게 물어봐 주기를 기다리고나 있었던 것처럼 그는 곧바로 대답했다. 그리고 이내 수다스럽게 자기 이야기를 늘어놓기 시작했다.

마랭고 양로원에서 자기가 문지기로 일생을 마치게 될 것이라고 혹시 누가 말했더라면 예전 같으면 아마 놀라 자빠졌을 것이라는 둥, 자기 나이가 64세라는 둥, 파리 태생이라는 둥……

"아! 이 고장 분이 아니시군요?"

나는 그의 이야기를 가로채며 물었다.

문득 그가 나를 원장실로 안내하기 전에 엄마에 대해 했던 말이 떠올랐다.

"산이 없는 평지는요, 더구나 이 지방은 날씨가 몹시 덥기 때문에 장례식을 서둘러야 해요. 나는 파리에 오래 살았는데요. 파리에서는 간혹 시체를 사흘씩이나 묻지 않고 두는 수도 있지만 여기서는 절대로 그럴 시간이 없어요. 누가 죽었다는 것을 실감할 겨를도 없이 벌써 영구차를 따라가야 하거든요."

그러자 그의 아내가 끼어들었다.

"그만둬요. 그게 지금 이 분에게 할 소리유?"

문지기는 당장 얼굴이 붉어져서 사과했다.

"아니 괜찮아요, 정말 괜찮아요."

나는 마음 상하지 않았다고 오히려 그들을 위로해야 했다. 나는 문지기의 말이 옳은 것 같다고 생각했다.

문지기는 조그만 영안실에서 다시 자기 얘기를 계속 했다. 그는 원래 극빈자로 양로원에 들어왔는데 자신이 아직 건강하다고 생각했기 때문에 문지기 자리를 자원 했다는 것이었다. 그렇다면 결국 양로원에 들어와 있는 다른 노인들과 같은 입장인 셈이라고 내가 지적했다.

하지만 그는 아니라고 했다.

나는 그가 다른 양로원 노인들의 이야기를 하면서 '그들', '다른 사람들', 또 가끔은 '늙은이들'이라는 식으로 말하는 것을 듣고 좀 놀랐다. 양로원 노인들 가운데에는 그보다 나이가 적은 사람들도 있는데 말이다. 물론 그는 그들과 똑같지는 않았다. 문지기라는 엄연한 직책으로 일하고 있었고, 어느 정도 그들에 대한 권리도 갖고 있었으니까.

간호사가 다시 방안으로 들어왔다. 갑자기 땅거미가 내렸다. 아주 짧은 동안에 유리창 가득 밤이 짙어졌다.

문지기가 벽으로 걸어가 스위치를 올려 불을 켰다. 갑작스럽게 쏟아지는 불빛 때문에 나는 앞이 안 보일 정도로 눈이 부셨다.

그가 저녁을 먹으러 식당에 가자고 권했다. 나는 배가 고프지 않다고 말했다. 그가 밀크커피를 한 잔 가져오겠다고 말했다. 밀크커피를 무척 좋아했기 때문에 나는 그러라고 했다. 조금 뒤에 그는 커피를 쟁반에 받쳐 들고 돌아왔다. 나는 커피를 마셨다. 그러자 담배를 피우고 싶어졌다. 나는 엄마의 시신 앞에서 담배를 피워도 좋을지 어떨지 몰라 망설였다. 생각해보니 안 될 이유가 없을 것 같았다. 나는 문지기에게 담배를 권했다. 우리는 함께 담배를 피웠다. 문득 그가 말했다.

"아, 그런데 말입니다. 조금 있다가 어머니 친구들이 밤샘하러 올 겁니다. 관습이 그러니까요. 의자와 블랙커피를 가져다 놔야겠습니다."

나는 전등을 몇 개만 끌 수 없겠느냐고 그에게 물었다. 벽에 반사되는 불빛이 무척 피곤하게 느껴졌다. 문지기는 그럴 수 없다면서, 다 켜든지 다 꺼버리든지 할 수밖에 없도록 전기 시설이 되어 있다고 대답했다. 그러고 나서부터 나는 그에게 별로 주의하지 않았다.

그는 나갔다가 들어와서 의자들을 늘어놓고 맨 끝에 있는 의자 위에 커피 주전자와 포갠 찻잔들을 올려놓았다. 그러고 나서 엄마의 관 건너편 쪽으로 가서 나와 마주보고 앉았다. 간호사도 방 한쪽에 등을 돌리고 앉아 있었다. 그녀가 무엇을 하고 있는지는 보이지 않았지만 팔을 놀리는 것으로 보아 뜨개질을 하고 있다는 것을 짐작할 수 있었다. 열어놓은 창문으로 밤과 꽃냄새가 들어오고 있었다. 방이 따뜻한데다가 커피를 마셔서 그런지 좀 더웠다. 나는 약간 졸았던 모양이다.

무언가 스치는 소리에 나는 퍼뜩 잠이 깼다. 갑자기 눈을 뜨는 바람에 방안의 흰 빛이 눈부셨다. 그림자 하나 없이, 물체 하나하나, 모서리 하나하나, 모든 곡선들이 눈이 아플 정도로 뚜렷이 드러나 보였다. 엄마의 양로원 친구들이 들어온 것은 바로 그때였다.

노인들 몇 명이 말 없이 그 눈부신 빛 속으로 살며시 걸어 들어왔다. 그들은 의자 삐걱거리는 소리 하나 내지 않고 앉았다. 나는 지금까지 사람이라고는 처음 보는 것처럼 그들을 자세히 보았다. 그들의 얼굴, 옷차림, 사소한 몸짓 하나에 이르기까지. 그들은 어찌나 조용한지 실제로 존재하는 사람들이라고 믿기 어려울 정도였다.

할머니들은 거의 모두 앞치마를 두르고 허리를 끈으로 졸라매고 있어서, 불룩 나온 배가 더욱 두드러져 보였다. 그러고 보니 나는 지금까지 늙은 여자의 배가 얼마나 불쑥 나왔는지 눈여겨 본 적이 한 번도 없었다.

할아버지들은 거의 모두가 몹시 야위었고 지팡이를 짚고 있었다. 온통 주름살투성이인 얼굴에 눈은 보이지도 않고 다만 광채 없는 빛만이 보여서 나는 순간적으로 깜짝 놀랐다. 그들은 자리에 앉으면서 거의 모두가 나를 바라보며 이가 빠져버린 입 속으로 입술이 온통 다 말려 들어간 채 머리를 어색하게 숙였는데, 그것이 나에 대한 인사인지 아니면 그냥 버릇인지 알 수가 없었다. 하지만 아마도 나에게 인사를 한 것이라고 나는 생각했다.

그들이 모두 문지기를 둘러싸고 나와 마주 앉아서 고개를 꾸벅거리고 있는 것을 보자 나는 아주 잠깐, 그들이 나를 심판하기 위해서 여기 와 앉아 있는 것이라는 어처구니없는 인상을 받았다.

조금 지나자 할머니 한 분이 울기 시작했다. 그 할머니는 둘째 줄에 앉아 있었기 때문에 앞에 앉은 다른 할머니에게 가려 잘 보이지 않았다. 할머니는 작지만 규칙적인 소리로 꾸준히 울었다. 절대로 그치지 않을 것 같은 그 울음소리가 나에게는 정말 괴로운 것이었지만 다른 사람들은 들리지도 않는지 아무도 신경쓰지 않았다. 그들은 그저 맥없이, 침울한 얼굴로 묵묵히 앉아만 있을 뿐이었다. 모두들 관이나 지팡이나 아무튼 오직 한 가지만을 들여다보고 있었다.

할머니는 여전히 울고 있었다. 나는 그 할머니가 누군지 알지도 못하는 처지였기 때문에 무척 놀랍고 당황스러웠다. 이젠 그만 좀 울었으면 좋겠다고 생각했지만 그렇다고 그런 말을 할 수도 없었다. 마침 문지기가 그 할머니에게 고개를 숙이고 뭐라고 말하는 것이 보였다. 하지만 할머니는 머리를 가로젓고 뭐라고 중얼거리더니 전과 다름없이 다시 규칙적으로 울기 시작했다.

문지기가 일어나 내 쪽으로 걸어 왔다. 그리고 내 옆에 앉았다. 상당히 오랫동안 말없이 앉아 있더니 내 얼굴 쪽으로 얼굴을 돌리지도 않고 이렇게 가르쳐 주었다.

"저분은 어머니와 아주 친하게 지냈답니다. 어머니가 하나밖에 없는 친구였는데, 이제 자기는 벗이 하나도 없는 신세가 되고 말았다면서 저렇게 우는군요."

우리는 한참을 그렇게 앉아 있었다. 할머니의 한숨과 흐느낌은 차츰 잦아들었지만 여전히 몹시 훌쩍거렸다.

그러다가 마침내 울음을 그쳤다. 더 이상 졸리지는 않았지만 나는 고단했고 허리가 아팠다. 그리고 이 모든 사람들의 침묵이 나는 견딜 수 없이 고통스러웠다.

침묵 속에서 가끔 괴상한 소리가 들렸다. 한동안 나는 그것이 대체 무슨 소리인지, 어디서 나는 소리인지 알 수가 없었다. 한참 뒤에야 몇몇 할아버지들이 볼 안쪽을 빨아서 그처럼 야릇한 혀 차는 소리를 내고 있다는 것을 알게 되었다. 정작 그들은 자기가 그런 소리를 내고 있는 걸 알지도 못한 채 제각기 깊은 생각에 몰두해 있었다. 나는 그들 앞에 누워 있는 그 시신이 그들의 눈에는 아무런 의미도 없다는 인상마저 받았다. 하지만 지금 생각해보면 그것은 잘못된 느낌이었던 것 같다.

우리는 모두 문지기가 따라준 커피를 마셨다. 그 다음에는 어떻게 됐는지 잘 모르겠다. 그렇게 밤이 지나갔다. 의자에 앉은 채 잠들었다가 잠깐 눈을 떴을 때 노인들은 모두 서로 포개진 채 잠들어 있었는데, 누군지 딱 한 사람이 지팡이를 그러쥔 손등 위에 턱을 괴고, 마치 내가 깨기만을 기다리고 있었던 것처럼 나를 뚫어지게 바라보고 있었던 기억이 난다. 그러고 나서 나는 또 다시 잠들어버렸다.

극심한 허리 통증 때문에 나는 눈을 떴다. 유리창 너머로 날이 밝아오고 있었다. 조금 뒤에 노인들 가운데 한 사람이 일어나 기침을 몹시 했다. 그는 커다란 체크무늬 손수건에 가래침을 뱉고는, 뱉을 때마다 잡아 뜯는 것처럼 입을 닦았다. 그는 다른 사람들을 깨웠다. 문지기가 그에게 갈 시간이 되었다고 알려주었던 것이다.

그들은 일어섰다. 불편한 밤샘 때문에 그들의 얼굴은 하나같이 잿빛이 되어 있었다. 정말 놀랍게도 그들은 방문을 나서면서 모두 나의 손을 잡고 악수했다. 마치 서로 말 한 마디 주고받지 않은 그날 밤 덕분에 우리 사이의 친밀감이 아주 두터워지기라도 한 것처럼.

나는 피곤했다. 문지기는 나를 자기 방으로 데려가서 간단하게나마 세수할 수 있게 해주었다. 그리고 또 밀크커피를 줘서 마셨는데 맛이 아주 좋았다.

밖으로 나왔을 때는 해가 완전히 떠올라 있었다. 바다와 마랭고 사이에 놓인 언덕들 위로 불그레한 빛이 가득 퍼져 있었고, 소금기 머금은 바람이 언덕 넘어 불어오고 있었다. 아름다운 하루가 시작되고 있었다. 그러고 보니 야외에 나온 게 참 오랜만이었다. 그래서 엄마 일만 아니라면 산책하기 참 좋은 날씨라는 생각이 들었다.

나는 안뜰에 있는 플라타너스 밑에 서서 기다리며 신선한 흙냄새를 들이마셨다. 이제 졸음은 멀리 달아났다. 사무실 동료들 생각이 났다. 그들은 지금쯤 출근하려고 일어났을 것이다. 나에게는 언제나 가장 힘든 시간이기도 했다. 그런 생각을 하고 있는 동안 건물 안에서 종소리가 울리기 시작했다. 나는 주의가 산만해져서 더 이상 아무 생각도 할 수 없게 되었다.

창문 뒤에서 한동안 소란스러운 소리가 나더니 다시 잠잠해졌다. 해는 좀 더 하늘 높이 떠올랐다. 햇볕이 내 발을 뜨겁게 비추기 시작했다. 문지기가 마당을 가로질러 와서 원장이 나를 부른다고 알려주었다.

나는 원장실로 갔다. 원장은 줄무늬 바지에 검은 웃옷을 입고 있었다. 원장이 시키는 대로 나는 몇 가지 서류에 서명했다. 그는 수화기를 손에 들더니 갑자기 생각난 듯이 나에게 말했다.

"조금 전에 장의사 사람들이 왔습니다. 이제 관을 닫을 건데 마지막으로 어머님을 보시겠습니까?"

나는 안 보겠다고 말했다. 원장은 수화기에 대고 낮은 목소리로 명령했다.

"퀴자크, 인부들에게 일을 시작하라고 해."

그러고 나서 원장은 자기도 장례식에 참석하겠다고 말했다. 나는 그에게 고맙다고 인사했다. 그는 자기 책상 뒤에 앉아 짧은 다리를 포갰다. 그는 나와 자기와 당번 간호사만이 참석하게 될 것이라고 덧붙였다. 원칙적으로 양로원 노인들은 장례식에 참석할 수 없고 밤샘만 허락된다는 것이었다.

"그건 인정 문제니까요." 그는 설명했다.

하지만 이번에는 특별히 엄마와 절친한 남자친구였던 노인이 장지까지 따라가는 것을 허락했다고 말했다.

"토마 페레스라고 하지요."

원장은 말을 멈추고 빙그레 웃고는 다시 말을 이었다.

"그냥 좀 어린애 같은 감정이지요. 하지만 그 노인과 어머니는 늘 붙어 다녔어요. 떨어져 있는 일이 거의 없었죠. 사람들이 놀리느라고 '당신 약혼자로군' 하면 그는 빙긋 웃곤 했어요. 사람들이 그렇게 말해주는 것이 그분들은 좋았던 겁니다. 뫼르소 부인이 세상을 떠난 것이 그에게 얼마나 큰 슬픔인지 모릅니다. 그래서 그가 장례식에 참석하는 것을 허락하지 않을 수가 없더군요. 하지만 왕진 의사의 권고에 따라서 그에게 어제의 밤샘만큼은 금했습니다."

우리는 꽤 오랫동안 말없이 앉아 있었다. 마침내 원장은 일어나서 사무실 창문으로 밖을 내다보다가 말했다.

"마랭고 사제님이 벌써 오시네. 일찍 오셨군."

그러면서 마을에 있는 성당까지 가려면 적어도 45분은 걸릴 거라고 내게 일러주었다.

우리는 사무실을 나와 복도를 지나 계단을 내려갔다. 건물 앞에 사제와 복사 아이 둘이 와 있었다. 그 가운데 한 아이는 향로를 들고 있었는데, 사제는 은줄의 길이를 조절하느라 그에게로 허리를 굽히고 있었다.

우리가 그 앞으로 가자 사제는 허리를 폈다. 그는 나를 '내 아들'이라고 부르면서 뭐라고 몇 마디 중얼거렸다. 그러고는 건물 안으로 들어갔다. 나도 그의 뒤를 따라 안으로 들어갔다. 얼핏 보기에도 관의 나사못이 꽉 조여 박혀 있었고 방안에는 검은 옷을 입은 남자 넷이 서 있었다. 영구차가 길에서 기다리고 있다는 원장의 말과 기도를 시작하는 사제의 목소리가 동시에 들렸다.

그 다음부터는 모든 일이 빠르게 진행되었다. 인부들은 커다란 보자기를 들고 관 앞으로 갔다.

사제를 따라 그의 복사들과 원장과 나는 다시 밖으로 나왔다. 문 앞에는 내가 모르는 어떤 부인이 서 있었다.

"뫼르소 씨입니다." 원장이 그녀에게 나를 소개했다.

나는 그 부인의 이름을 잘 알아듣지 못했고 다만 그녀가 어머니의 담당 간호사라는 것만 알았다. 그녀는 웃는 기색 없이, 뼈가 앙상하게 드러난 길쭉한 얼굴을 숙였다. 그리고 우리는 관이 지나갈 수 있도록 나란히 옆으로 비켜섰다.

우리는 운구하는 인부들을 따라 양로원을 나섰다. 양로원 정문 앞에 영구차가 기다리고 있었다.

길쭉한 몸체에 옻칠을 하여 번쩍거리는 그 차를 보자 왠지 필통이 떠올랐다. 영구차 앞에는 우스꽝스러운 옷차림을 한 키 작은 사내가 서 있었는데 알고 보니 진행을 맡은 사람이었다. 그리고 그 옆에는 거동이 좀 어색해 보이는 노인이 한 사람 서 있었다. 나는 그가 페레스 씨라는 것을 금방 알아보았다.

그는 위가 동그랗고 테두리가 널찍한 소프트 모자를 쓰고, 바지 자락이 구두 위로 늘어진 검은색 바지 위에 흰 셔츠, 커다란 흰 칼라에 비해 너무 작은 검정 넥타이를 매고 있었다. 그는 관이 문을 지날 때 모자를 벗었는데 검은 점들이 박힌 코 밑에서 입술이 가늘게 떨리고, 상당히 가느다란 흰 머리카락 밑으로 축 처지고 귓바퀴가 흉하게 말린 야릇한 귀가 드러나 있었다. 창백한 얼굴에 선지처럼 새빨간 귀가 유난히도 두드러졌다.

진행을 맡은 사람이 우리들 각자에게 자리를 지정해 주었다. 사제가 맨 앞에서 걸어가고 다음에 네 사람의 인부가 둘러싼 영구차가 따라가고 그 다음에는 원장과 나, 그리고 행렬의 끝에는 담당 간호사와 페레스 씨가 따르기로 되었다.

벌써 하늘 가득 들어찬 햇빛이 땅 위로 무겁게 내리쬐기 시작했고 날은 급속히 무더워져 갔다.

왜 그랬는지는 알 수 없지만 길을 떠나기 전에 우리는 상당히 오랫동안 기다려야 했다. 검은 상복을 입고 있어서인지 나는 그날따라 유난히도 날씨가 덥게 느껴졌다. 모자를 쓰고 있던 노인은 다시 모자를 벗었다. 내가 고개를 돌려 그를 보자, 원장은 나에게, 어머니와 페레스 씨는 저녁이면 흔히 간호사를 데리고 마을까지 산책을 하곤 했다고 말했다.

나는 주위의 벌판을 둘러보았다. 저 멀리 하늘 닿는 언덕까지 늘어선 사이프러스 숲의 윤곽이며 적갈색과 초록색의 대지, 그린 것처럼 뚜렷한 집들이 드문드문 흩어져 있는 모습을 바라보면서 나는 엄마의 심경이 어땠을지 이해할 수 있을 것 같았다. 아마도 엄마에게 이 고장의 저녁은 서글픈 휴식시간과도 같았을 것이다. 오늘, 천지에 넘쳐나는 햇빛은 이 고장의 풍경을 온통 흔들리게 하면서 왠지 비인간적이고도 사람의 기를 꺾어놓는 분위기를 자아내고 있었다.

마침내 우리는 걷기 시작했다. 페레스 씨가 다리를 약간 전다는 것을 알아차린 것은 바로 그때였다. 영구차의 속도가 점점 빨라지자 노인은 조금씩 뒤로 처지기 시작했다. 영구차 곁을 따라가던 인부 한 사람도, 지금은 뒤로 처져서 나와 나란히 걸어가고 있었다.

나는 태양이 그렇게도 빠른 속도로 솟아오르는 것을 보고 깜짝 놀랐다. 벌써 오래 전부터 벌판에는 윙윙거리는 벌레 소리와 바스락거리는 풀잎 소리가 소란스럽게 들리고 있었다. 땀이 볼을 타고 흘러내렸다. 나는 모자가 없었기 때문에 손수건으로 부채질을 했다. 그때 장의사 인부가 나에게 뭐라고 말했다. 나는 잘 듣지 못했다. 그 인부는 오른손으로 모자를 조금 들어 올리고 왼손에 들고 있던 손수건으로 이마의 땀을 닦았다.

"뭐라고요?"

내가 그에게 묻자 그는 하늘을 가리키며 되풀이했다.

"무던히도 내리쬐는군요."

"아, 네."

"어머니신가요?" 조금 뒤에 그가 다시 물었다.

"네." 나는 짧게 대답했다.

"연세가 많으셨어요?"

"그렇죠, 뭐."

나는 어머니의 정확한 나이를 몰라서 얼버무렸다. 그는 더 이상 아무 말도 하지 않았다. 뒤를 돌아보니 페레스 씨가 우리 뒤로 한 50미터쯤 떨어져서 따라오고 있었다. 이마 위에는 땀이 몇 방울 맺혀 있었지만 그는 닦으려고도 하지 않았다.

행렬이 좀 더 빨리 움직이는 것 같았지만 주위에는 여전히 넘쳐나는 햇빛으로 눈부시게 빛나는 벌판만 보일 뿐이었다. 하늘에서 쏟아지는 빛은 이제 거의 견딜 수 없을 지경이었다. 어느 새 우리는 최근에 새로 포장한 길로 들어서게 되었다. 뜨거운 햇볕 때문에 아스팔트가 녹아서 갈라 터져 있었다. 발이 그 속에 쑥쑥 빠져서 콜타르의 번쩍거리는 살을 벌려놓곤 했다.

영구차 위로 보이는 마부의 가죽모자는 마치 검은 진흙 반죽으로 이겨서 만든 것 같았다. 새파랗고 눈부신 하늘과 갈라진 아스팔트의 끈적거리는 검은 빛깔, 하나같이 걸쳐 입고 있는 상복의 흐릿한 검은 빛깔, 니스 칠한 영구차의 번쩍거리는 검은 빛깔 등 단조로운 빛깔들 사이에서 나는 정신이 멍해지고 좀 어리둥절해졌다.

햇빛, 가죽 냄새, 영구차의 말똥 냄새, 니스칠 냄새, 향 냄새, 제대로 자지 못한 하룻밤의 피로, 그러한 모든 것이 나의 눈과 머리를 어지럽게 휘젓고 있었다. 나는 다시 한 번 뒤를 돌아보았다. 구름처럼 드리운 무더운 대기의 아지랑이 속으로 페레스 씨가 까마득하게 멀리 나타나 보이더니 사라졌다. 그는 다시 벌판을 가로질러 나타났다가 또 사라졌다. 그러기를 여러 차례나 되풀이 했다. 나는 관자놀이에서 피가 뛰는 것을 느꼈다.

그 다음부터는 모든 것이 하도 빠르고 분명하고 또 자연스럽게 진행되어서 굳이 기억하고 말고 할 것도 없이 지나갔다. 딱 한 가지 기억에 남는 건 마을 어귀에서 담당 간호사가 말을 건 것이다. 얼굴과는 도무지 어울리지 않는 매끄럽고 떨리는 목소리로 그녀는 나에게 말했다.

"천천히 가면 더위를 먹을 수도 있어요. 하지만 너무 빨리 가면 땀이 나서 서늘한 성당 안에 들어가면 으슬으슬 추워지게 된답니다."

"그러니까 내가 싸움을 건 게 아니었어요. 그 녀석이 버릇없이 굴다가 그랬던 겁니다."

그건 사실이었다. 그래서 나는 정말 그렇다고 말했다. 그러자 그는 마침 나에게 그 사건에 대해서 충고를 듣고 싶었다면서, 내가 사나이다운 데다 세상물정도 잘 아는 사람이기 때문에 자기를 도와줄 수 있을 거라고 생각한다고 말했다. 그리고 내가 그래 준다면 자기는 나의 친구가 되겠다는 것이었다. 나는 아무 대답도 하지 않았다. 그는 다시 나에게 자기와 친구가 되고 싶은지 물었다. 나는 어느 쪽이든 상관없다고 말했다. 하지만 그는 만족해하는 눈치였다.

그는 소시지를 꺼내 화덕에 올리고 컵, 접시, 포크 따위와 술 두 병을 늘어놓았다. 그러는 동안에는 그도 아무 말 하지 않았다. 우리는 자리를 잡고 앉았다. 먹으면서 그는 자기 이야기를 시작했다. 처음에는 약간 망설이는 말투였다.

"어떤 여자를 알게 됐는데…… 그러니까…… 말하자면 내 정부였어요."

그가 싸웠던 그 녀석은 그 여자의 오빠였고, 그가 여자의 살림을 꾸려주었다고 말했다.

나는 말없이 듣기만 했다. 그는 곧, 동네 사람들이 자기를 뭐라고들 말하는지 알고 있지만 양심에 거리낄 것은 조금도 없고, 자기는 창고 감독이라는 어엿한 직업이 있다고 덧붙였다.

"아까 얘기로 돌아가죠. 나는 내가 속고 있었다는 사실을 알게 됐어요." 그는 말을 이었다.

그는 여자에게 먹고살 만큼 대주고 있었다고 말했다. 그는 손수 여자의 방세를 치러주고, 식비로 하루에 20프랑씩 주고 있었다.

"방세가 300프랑, 식비가 600프랑, 이따금 양말 따위도 사주고, 그래서 매달 천 프랑 정도씩 들었어요. 그런데 그 마나님께선 일을 할 생각은 전혀 하지도 않고 늘 그것만으로는 겨우 입에 풀칠이나 할 수 있을 뿐이라면서, 내가 대주는 것으로는 도저히 생활을 할 수가 없다고 구시렁대는 거예요. 그래서 내가 그랬죠. '왜 반나절만이라도 일을 안 해? 그러면 온갖 자잘한 비용 부담은 덜어질 텐데. 이달에 내가 당신 양복도 한 벌 사줬고, 하루에 20프랑씩 용돈도 주고 방세도 치러줬잖아. 당신은 오후에 친구들과 커피도 마시지. 당신 친구들에게 커피와 설탕을 내는 건 당신이지만, 돈은 나한테서 나오

"참 가엾어요!"

그도 역시 올라오면서 살라마노 영감과 마주쳤는지 나를 보자 그렇게 말하면서 그들의 꼴을 보면 진저리가 나지 않느냐고 나에게 물었다.

나는 그렇지 않다고 대답했다.

층계를 다 올라와서 막 헤어지려 할 때 그가 말했다.

"우리 집에 소시지랑 포도주가 있는데 들러서 같이 드실래요?"

그러면 나는 저녁을 준비하지 않아도 될 것이었다. 나는 좋다고 말했다.

우리는 방 하나에 창문 없는 부엌이 딸려 있는 그의 집으로 들어갔다. 그의 침대 위 벽에는 흰색과 분홍색 석회로 만든 천사의 석고상과 운동선수들 사진과 여자의 나체 사진이 두서너 장 걸려 있었다. 방안은 지저분하고 침대는 어질러져 있었다.

집 안으로 들어가자 그는 먼저 석유램프를 켰다. 그리고 호주머니에서 상당히 지저분한 붕대를 꺼내더니 오른손을 싸매기 시작했다. 내가 어쩌다 손을 다쳤느냐고 물었더니, 어떤 녀석이 시비를 걸어서 싸움을 했다면서 싸우게 된 내력을 자세히 설명했다.

"그건 말이죠, 뫼르소 선생. 내가 마음씨가 나빠서가 아니라 성질이 더러워서 그런 거예요. 화를 잘 참지 못하는 거죠. 그 녀석이 나한테 '사나이라면 전차에서 내려.' 그러는 거예요. 그래서 내가 점잖게 '가만히 좀 있지 그래.' 하고 말했죠. 그러니까 그 녀석이 나더러 사나이답지 못하다면서 빈정댑디다. 그래서 나는 놈을 따라 전차에서 내렸어요. 그리고 경고했죠. '이 정도에서 그만두는 게 신상에 좋을걸. 안 그러면 매운 맛을 보게 될 테니.' 녀석이 재수 없는 말투로 비꼬더라구요. '매운 맛 같은 소리 하고 자빠졌네.' 그래서 한 대 갈겼죠. 그랬더니 훌랑 나가자빠지더군요. 시원찮은 놈이라 싶어서 그냥 일으켜주고 말려고 했어요. 그런데 내가 일으켜주려고 손을 내미는데 녀석이 땅에 자빠진 채 발길질을 하는 거예요. 그래서 무릎다짐을 한 번 하고 두어 번 주먹질을 했죠. 그러자 녀석의 얼굴이 벌써 피투성이가 되는 거예요. 그래서 내가 녀석에게 '이제 매운 맛이 뭔지 알겠냐?'하고 물었죠. 녀석이 순순히 '그렇다'고 대답하더군요."

생테스는 말을 하는 동안에도 줄곧 붕대를 감고 있었고, 나는 침대 위에 앉아서 듣고 있었다.

그 다음에는 그의 뒷골목 친구들에게 그 얘기를 하고 의견을 구했지만 그들은 좋은 방법을 아는 게 없다고 말했다는 것이다. 레몽이 뒷골목 친구들이 그런 것 하나쯤 모를 리가 없다고 말하자 그들은 여자에게 '낙인'을 찍어버리면 어떻겠느냐고 말했다고 했다. 하지만 그는 그렇게까지는 하고 싶지 않아서 그건 좀 생각해봐야겠다고 말하고 돌아왔다는 것이다.

그는 나에게 한 가지 묻고 싶은 것이 있는데, 물어보기 전에 내가 자기가 한 얘기를 어떻게 생각하는지 먼저 알고 싶다고 말했다.

나는 별 생각 없이 그저 재미있는 얘기라고 생각한다고 대답했다.

그는 자기가 속고 있었다고 생각하느냐고 물었다.

생각해 보니 정말 그런 것 같다고 나는 대답했다.

그는 나 역시 그 여자를 혼내주어야 한다고 생각하는지, 만약 그렇다면 어떻게 하겠는지 물었다.

나는 그런 경우에 어떻게 할지는 모르겠지만, 그가 여자를 혼내주겠다는 기분은 이해할 수 있다고 대답했다.

나는 또 포도주를 약간 마셨다. 그는 담배에 불을 붙이고 나서 자기의 생각을 털어놓았다.

여자에게 '발로 차버리겠다는 뜻의, 하지만 동시에 여자의 욕정을 도발시킬 만한 사연의' 편지를 보내고, 그래서 여자가 돌아오면, 여자와 함께 잠자리에 들고는 '끝나갈 때' 여자의 낯짝에 침을 뱉어주고 밖으로 내쫓아버리겠다는 것이었다.

내 생각에도 그렇게 하면 여자에게 진짜 징계가 될 것 같다고 대답했다.

그러자 레몽은, 자기는 그런 적절한 편지를 쓸 수 없을 것 같기 때문에 편지 내용을 작성하는 일을 나에게 부탁할까 생각했다고 말했다.

나는 아무 대답도 하지 않았다.

그는 나에게, 지금 당장 그 편지를 쓰는 것은 귀찮겠느냐고 물었다.

나는 그렇지는 않다고 대답했다.

그러자 그는 포도주를 한 잔 마시고 일어서서 접시들과 먹다 남은 소시지를 한옆으로 밀어놓았다. 그는 탁자의 방수포를 정성스럽게 닦았다. 그는 라이트테이블(유리 내부에 전등을 달아 그 빛을 이용할 수 있도록 만든 작업용 테이블) 서랍에서 모눈종이 1장과 노란 봉투와 붉은 나무로 된 작은 펜대와 보랏빛 잉크가 든 네모난 병을 꺼냈다.

는 거잖아. 난 당신에게 할 수 있는 한 잘해주려고 애쓰는데, 당신은 도대체 나한테 제대로 보답하려고 하지 않아.' 그래도 그녀은 일을 하지 않고, 그 돈으로는 생활할 수가 없다는 소리만 해대는 거였어요. 그러던 끝에 내가 속고 있었다는 사실을 알게 된 겁니다."

그는 여자의 핸드백 속에서 복권을 한 장 발견했는데, 여자는 그것을 어떻게 샀는지 설명하지 못했다. 얼마 뒤에는 여자의 방에서 그 '증거물'로써 전당표를 한 장 발견했고, 그걸로 보아 팔찌 2개를 저당 잡힌 것이 분명했다. 하지만 그때까지 그는 그 팔찌들이 있는 줄도 모르고 있었다.

"그때 나는 그동안 그녀에게 속고 있었다는 것을 확실히 알았어요. 그래서 그녀과 관계를 끊었어요. 하지만 먼저 그녀을 두들겨 패주었지요. 그리고 사실대로 모두 말했어요. 네까짓 년은 그걸 가지고 노는 것밖엔 바라지 않는 년이라고 말이죠. 그리고 마지막으로 '내가 너한테 어떤 일을 해줬는지 알면 세상 사람들이 모두 부러워할 거라는 걸 넌 모르지? 좀 있으면 네가 지난날에 어떤 행복을 누렸는지 알게 될 테니, 두고 봐.'라고 말해줬답니다, 뫼르소 씨."

그는 피 터지게 여자를 때렸다고 했다. 하지만 그전에는 그 여자를 때린 적이 없었다고 말했다.

"손찌검이야 조금씩 했지만 그야 그냥 살살 했던 거예요. 그런데도 그녈은 늘 악을 썼어요. 그러면 나는 덧문을 닫아버리고 결국은 늘 마찬가지로 끝나버리곤 했죠. 하지만 이번엔 본격적이었어요. 그런데도 난 시원하지가 않아요. 그녈에게 벌을 제대로 다 주지 못했다는 생각이 들거든요."

그렇기 때문에 충고가 필요한 것이라고 그는 나에게 설명했다. 그을음이 나는 램프의 심지를 조절하느라고 잠깐 말이 중단되었다. 나는 줄곧 그의 이야기를 들으면서 포도주를 거의 1리터나 마셨다. 얼굴이 몹시 달아올랐다. 내 담배가 떨어져서 나는 레몽의 담배를 피우고 있었다. 마지막 전차들이 지나가면서 지금은 아득하게 들리는 변두리의 소리를 실어 가고 있었다.

레몽은 이야기를 계속했다.

난처한 일은 자기가 아직도 그 여자에게 약간 미련을 갖고 있는 거라면서, 하지만 혼내줘야 한다고 생각했기 때문에 처음에는 그녈을 호텔로 데려다 놓고 '풍기단속반'에 신고해서 기록대장에 오르게 할까 생각했다.

4

일주일 내내 나는 줄곧 일을 많이 했다.

레몽이 와서 편지를 부쳤다고 말했다.

에마뉘엘과 함께 영화를 보러 두 번 갔었는데 그는 스크린 위에서 일어나는 일을 도무지 이해 못하는 때가 가끔 있었다. 그럴 때마다 나는 그에게 상황을 설명을 해 주어야 했다.

어제 토요일에는 약속했던 대로 마리가 찾아왔다. 나는 그녀에게 몹시 욕정을 느꼈다. 마리가 붉은색과 흰색 줄무늬가 섞여 있는 아름다운 옷을 입고 가죽 샌들을 신고 있었기 때문이다. 옷 위로 탄력 있는 가슴선이 완연히 드러나 보이고, 햇볕에 잘 그을린 갈색 얼굴은 꽃처럼 아름다웠다.

우리는 버스를 타고, 알제에서 몇 킬로미터 떨어진 곳에 있는 바닷가로 나갔다. 양옆으로 바위가 솟아 있고 육지 쪽으로는 갈대가 우거진 아름다운 곳이었다. 오후 4시의 태양은 과히 뜨겁지 않았고 물은 따뜻했으며, 길게 퍼진 작은 물결이 나른하게 넘실거리고 있었다.

마리가 놀이를 가르쳐주었다. 헤엄을 치며 물결 등성이에서 물을 들이마셔 가지고 입 속에 거품을 가득 채운 다음 반듯이 누워서 하늘을 향해 그것을 내뿜는 것이다. 그러면 물거품 레이스가 되어서 공중으로 사라지기도 하고 미지근한 보슬비처럼 얼굴 위로 떨어지기도 했다. 하지만 그렇게 몇 번 하고 난 다음에는 짠 소금기 때문에 입속이 얼얼했다.

마리가 물속에서 다가와 나에게 달라붙었다. 마리는 내 입에 자기 입술을 갖다 댔다. 그녀의 혀가 내 입술에 산뜻하게 닿았다. 얼마 동안 우리는 물결 속에서 끌어안고 뒹굴었다.

바닷가로 나와서 옷을 갈아입을 때 마리는 빛나는 눈길로 나를 바라보았다. 나는 그녀에게 키스했다. 그때부터 우리는 아무 말도 하지 않았다. 나는 그녀를 꼭 끌어안고 급히 버스를 잡아타고 집으로 돌아왔다. 우리는 방안으로 들어서자마자 곧장 침대 속으로 뛰어들었다. 열린 창문으로 여름밤이 갈색으로 그을린 우리의 몸 위로 여자의 이름을 들어보니 아랍인이었다. 나는 편지를 썼다. 그냥 생각나는 대로 쓰기는 했지만 그래도 레몽의 마음에 들도록 신경을 썼다. 왜냐하면 레몽의 마음에 들지 않게 쓸 이유가 전혀 없었기 때문이다.

편지를 다 쓰고 나서 나는 큰 소리로 편지를 읽어주었다. 그는 담배를 피우면서 머리를 끄덕거렸다. 그리고 한 번만 다시 읽어달라고 청했다. 그는 편지가 무척 마음에 든다고 말했다.

"자네가 세상물정에 밝다는 것을 나는 벌써부터 알고 있었어." 그가 말했다.

그때 나는 그가 나에게 자네라고 말하는 것을 알아차리지 못했다.

"이제 자넨 내 진짜 친구야." 그가 다시 말했다.

나는 그제야 비로소 자네라는 말에 깜짝 놀랐다. 그는 다시 같은 말을 되풀이했다.

"그래." 나는 대답했다.

그의 친구가 되든 말든 내겐 상관없는 일이었다. 하지만 그는 정말로 나와 친구가 되고 싶은 모양이었다. 그는 편지를 봉했다. 그리고 우리는 남은 포도주를 마저 마셨다.

우리는 잠시 아무 말 없이 담배만 피웠다. 밖은 쥐 죽은 듯 고요했고 가끔 미끄러지듯 지나가는 자동차 소리가 들릴 뿐이었다.

"늦었는데." 내가 말했다.

레몽도 그렇다고 생각하는 것 같았다. 그는 시간이 빨리 간다고 말했다. 어떤 의미로는 그것은 사실이었다. 졸음이 쏟아졌다. 하지만 일어서기가 힘들었다. 내가 피곤하게 보였던지 레몽은 나에게 자포자기에 빠지면 안 된다고 말했다. 나는 갑자기 무슨 생뚱맞은 소린가 했다. 그러자 그는 나에게 엄마가 돌아가셨다는 소식을 들었다면서 어차피 누구나 한 번은 겪어야 할 일이라고 설명했다. 그건 내 생각도 마찬가지였다.

나는 일어섰다. 레몽은 내 손을 굳게 움켜쥐고 사나이끼리는 언제나 이해할 수 있는 것이라고 말했다. 그의 방을 나서자 나는 문을 닫고 어두운 층계참에 잠시 서 있었다. 건물 안은 온통 고요하고, 깊숙한 층계 밑에서 으스스하고 습한 바람이 올라오고 있었다. 맥박 뛰는 소리가 귓전에 맴돌았다. 나는 고요 속에 그냥 우두커니 서 있었다. 살라마노 영감 방에서 개가 나직이 끙끙거리는 소리가 들렸다.

레몽은 망설이다가 나와 눈이 마주치자 담배를 빨아들였다. 그러자 경찰은 두껍고 묵직한 손바닥으로 레몽의 얼굴에 힘껏 따귀를 올려붙였다. 담배가 몇 미터 떨어진 곳으로 날아갔다. 레몽은 안색이 변했지만 당장에는 아무 말도 하지 않았다. 그러더니 공손하게 담배를 주워도 좋으냐고 물었다. 경찰은 그러라고 했다.

"다음부터는 경찰이 허수아비가 아니라는 걸 알아두라구." 경찰이 말했다.

그러는 동안에도 여자는 계속 울면서 같은 말을 몇 번이나 되풀이했다.

"이놈이 날 때렸어요. 이놈은 포주예요."

"경찰 나리. 남자에게 포주라는 말을 해도 됩니까? 그런 법이 있습니까?" 레몽이 물었다.

경찰은 대답 대신 그에게 닥치고 있으라고 호통을 쳤다. 그러자 레몽은 여자들 돌아보며 말했다.

"두고 봐, 요년아. 다시 만날 날이 있을 테니."

경찰은 레몽에게 다시 닥치라고 한 다음, 여자에게 가도 좋다고 말했다. 그리고 레몽에게는 방으로 들어가서 경찰서에서 소환할 때까지 기다리라고 하면서 그렇게 몸이 떨리도록 취한 것을 부끄럽게 생각하라고 말했다.

"경찰 나리, 저는 취하지 않았습니다. 그저 나리 앞에서 있으니까 떨리는 거예요. 그건 어쩔 수 없잖습니까?"

레몽은 이렇게 말하고 문을 닫아버렸다. 구경꾼들도 다 가버렸다. 마리와 나는 점심 준비를 끝마쳤다. 하지만 그녀는 먹고 싶지 않다고 했다. 그래서 나는 준비한 음식을 혼자서 거의 다 먹었다. 마리는 1시에 갔다. 나는 조금 더 잠을 잤다.

3시쯤 문 두드리는 소리가 나더니 레몽이 들어왔다. 나는 침대에 누워 있었다. 그는 내 침대 가에 앉았다. 그는 한동안 말이 없었다. 결국 일이 어찌 되었는지 내가 먼저 물었다. 계획대로 했는데 여자가 따귀를 때리더라. 그래서 두들겨 패줬다. 그리고 그 다음은 내가 본 대로라고 그가 말했다.

이제는 여자를 혼내줬으니 만족스럽겠다고 내가 말했다. 그는 그렇다고 대답했다. 그러고는 경찰이 뭐라고 한들 여자가 이미 맞은 매를 어떻게 할 수는 없다는 점을 지적했다. 그리고 자기는 경찰들이 어떤 사람들인지 잘 알고 있기 때문에 그들을 어떻게 다루어야 하는지도 잘 알고 있다고 말했다. 그러면서 경찰이 따귀를 때렸을 때 자기가 대들 거라고 기대하고 있었느냐고 물었다.

흘러 들어오는 것이 무척 상쾌했다.

오늘 아침엔 마리가 가지 않고 남아 있었다. 나는 점심을 같이 먹자고 했다. 나는 고기를 사러 내려갔다. 다시 올라올 때 레몽의 방에서 여자 목소리가 들렸다. 조금 뒤에는 살라마노 영감이 개를 꾸짖는 소리가 들렸다. 다시 나무 층계 위를 걷는 구둣발 소리와 개가 발톱으로 긁는 소리가 들렸다. 이윽고 "빌어먹을 놈, 망할 자식!" 하고 욕하는 영감의 목소리가 들리더니 결국 그들은 거리로 나가버렸다.

영감 이야기를 마리에게 해주었다. 마리는 웃었다. 그녀는 내 파자마를 입고 소매를 걷어 올리고 있었다. 그녀가 웃었을 때 나는 또 욕정을 느꼈다.

마리가 나에게 자기를 사랑하느냐고 물었다. 그런 것은 아무런 의미도 없는 말이지만, 사랑하고 있는 것 같지는 않다고 나는 대답했다. 마리는 슬픈 표정을 지었다. 하지만 점심을 준비하면서 아무것도 아닌 일에 또 웃어댔다. 나는 그런 그녀에게 키스해 주었다.

바로 그때 레몽의 방에서 말다툼 소리가 터져 나왔다. 먼저 여자가 날카로운 목소리로 뭐라고 지껄이는 소리가 들렸다.

"요년아, 니가 날 곯려먹으려고 했겠다. 나를 곯려먹으면 어떻게 되는지 가르쳐주지."

레몽의 거친 목소리가 들렸다.

이어서 퍽퍽 소리가 나고 여자가 미친 듯이 비명을 질러댔다. 그 비명이 어찌나 높고 날카로운지 층계참에는 어느새 사람들이 잔뜩 모여들었다. 마리와 나도 밖으로 나갔다. 여자는 여전히 비명을 지르고 있었고 레몽은 여전히 때리고 있는 것 같았다.

마리는 끔찍하다고 말했다. 나는 아무 대답도 하지 않았다. 그녀는 나에게 경찰을 불러오라고 말했다. 나는 경찰이 싫다고 말했다.

3층에 세 들어 사는 납땜장이가 어느새 경찰을 한 사람 데리고 들어왔다. 경찰이 문을 두드렸다. 안에서 소리가 뚝 그쳤다. 이제 아무 소리도 들리지 않았다. 경찰이 더 크게 문을 두드렸다. 다시 여자의 울음소리가 들렸다. 레몽이 문을 열었다. 그는 입에 담배를 물고 사뭇 부드러운 표정을 짓고 있었다.

"이름이 뭐야?" 경찰이 물었다.

레몽은 이름을 말했다.

"말할 때는 입에서 담배를 빼." 경찰이 말했다.

"참 가엾어요!"

그도 역시 올라오면서 살라마노 영감과 마주쳤는지 나를 보자 그렇게 말하면서 그들의 꼴을 보면 진저리가 나지 않느냐고 나에게 물었다.

나는 그렇지 않다고 대답했다.

층계를 다 올라와서 막 헤어지려 할 때 그가 말했다.

"우리 집에 소시지랑 포도주가 있는데 들러서 같이 드실래요?"

그러면 나는 저녁을 준비하지 않아도 될 것이었다. 나는 좋다고 말했다.

우리는 방 하나에 창문 없는 부엌이 딸려 있는 그의 집으로 들어갔다. 그의 침대 위 벽에는 흰색과 분홍색 석회로 만든 천사의 석고상과 운동선수들 사진과 여자의 나체 사진이 두서너 장 걸려 있었다. 방안은 지저분하고 침대는 어질러져 있었다.

집 안으로 들어가자 그는 먼저 석유램프를 켰다. 그리고 호주머니에서 상당히 지저분한 붕대를 꺼내더니 오른손을 싸매기 시작했다. 내가 어쩌다 손을 다쳤느냐고 물었더니, 어떤 녀석이 시비를 걸어서 싸움을 했다면서 싸우게 된 내력을 자세히 설명했다.

"그건 말이죠, 뫼르소 선생. 내가 마음씨가 나빠서가 아니라 성질이 더러워서 그런 거예요. 화를 잘 참지 못하는 거죠. 그 녀석이 나한테 '사나이라면 전차에서 내려.' 그러는 거예요. 그래서 내가 점잖게 '가만히 좀 있지 그래.' 하고 말했죠. 그러니까 그 녀석이 나더러 사나이답지 못하다면서 빈정댑디다. 그래서 나는 놈을 따라 전차에서 내렸어요. 그리고 경고했죠. '이 정도에서 그만두는 게 신상에 좋을걸. 안 그러면 매운 맛을 보게 될 테니.' 녀석이 재수 없는 말투로 비꼬더라구요. '매운 맛 같은 소리 하고 자빠졌네.' 그래서 한 대 갈겼죠. 그랬더니 홀랑 나가자빠지더군요. 시원찮은 놈이라 싶어서 그냥 일으켜주고 말려고 했어요. 그런데 내가 일으켜주려고 손을 내미는데 녀석이 땅에 자빠진 채 발길질을 하는 거예요. 그래서 무릎다짐을 한 번 하고 두어 번 주먹질을 했죠. 그러자 녀석의 얼굴이 벌써 피투성이가 되는 거예요. 그래서 내가 녀석에게 '이제 매운 맛이 뭔지 알겠냐?'하고 물었죠. 녀석이 순순히 '그렇다'고 대답하더군요."

생테스는 말을 하는 동안에도 줄곧 붕대를 감고 있었고, 나는 침대 위에 앉아서 듣고 있었다.

"그러니까 내가 싸움을 건 게 아니었어요. 그 녀석이 버릇없이 굴다가 그랬던 겁니다."

그건 사실이었다. 그래서 나는 정말 그렇다고 말했다. 그러자 그는 마침 나에게 그 사건에 대해서 충고를 듣고 싶었다면서, 내가 사나이다운 데다 세상물정도 잘 아는 사람이기 때문에 자기를 도와줄 수 있을 거라고 생각한다고 말했다. 그리고 내가 그래 준다면 자기는 나의 친구가 되겠다는 것이었다. 나는 아무 대답도 하지 않았다. 그는 다시 나에게 자기와 친구가 되고 싶은지 물었다. 나는 어느 쪽이든 상관없다고 말했다. 하지만 그는 만족해하는 눈치였다.

그는 소시지를 꺼내 화덕에 올리고 컵, 접시, 포크 따위와 술 두 병을 늘어놓았다. 그러는 동안에는 그도 아무 말 하지 않았다. 우리는 자리를 잡고 앉았다. 먹으면서 그는 자기 이야기를 시작했다. 처음에는 약간 망설이는 말투였다.

"어떤 여자를 알게 됐는데…… 그러니까…… 말하자면 내 정부였어요."

그가 싸웠던 그 녀석은 그 여자의 오빠였고, 그가 여자의 살림을 꾸려주었다고 말했다.

나는 말없이 듣기만 했다. 그는 곧, 동네 사람들이 자기를 뭐라고들 말하는지 알고 있지만 양심에 거리낄 것은 조금도 없고, 자기는 창고 감독이라는 어엿한 직업이 있다고 덧붙였다.

"아까 얘기로 돌아가죠. 나는 내가 속고 있었다는 사실을 알게 됐어요." 그는 말을 이었다.

그는 여자에게 먹고살 만큼 대주고 있었다고 말했다. 그는 손수 여자의 방세를 치러주고, 식비로 하루에 20프랑씩 주고 있었다.

"방세가 300프랑, 식비가 600프랑, 이따금 양말 따위도 사주고, 그래서 매달 천 프랑 정도씩 들었어요. 그런데 그 마나님께선 일을 할 생각은 전혀 하지도 않고 늘 그것만으로는 겨우 입에 풀칠이나 할 수 있을 뿐이라면서, 내가 대주는 것으로는 도저히 생활을 할 수가 없다고 구시렁대는 거예요. 그래서 내가 그랬죠. '왜 반나절만이라도 일을 안 해? 그러면 온갖 자잘한 비용 부담은 덜어질 텐데. 이달에 내가 당신 양복도 한 벌 사줬고, 하루에 20프랑씩 용돈도 주고 방세도 치러줬잖아. 당신은 오후에 친구들과 커피도 마시지. 당신 친구들에게 커피와 설탕을 내는 건 당신이지만, 돈은 나한테서 나오는 거잖아. 난 당신에게 할 수 있는 한 잘해주려고 애쓰는데, 당신은 도대체 나한테 제대로 보답하려고 하지 않아.' 그래도 그년은 일을 하지 않고, 그 돈으로는 생활할 수가 없다는 소리만 해대는 거였어요. 그러던 끝에 내가 속고 있었다는 사실을 알게 된 겁니다."

그는 여자의 핸드백 속에서 복권을 한 장 발견했는데, 여자는 그것을 어떻게 샀는지 설명하지 못했다. 얼마 뒤에는 여자의 방에서 그 '증거물'로써 전당표를 한 장 발견했고, 그걸로 보아 팔찌 2개를 저당 잡힌 것이 분명했다. 하지만 그때까지 그는 그 팔찌들이 있는 줄도 모르고 있었다.

"그때 나는 그동안 그년에게 속고 있었다는 것을 확실히 알았어요. 그래서 그년과 관계를 끊었어요. 하지만 먼저 그년을 두들겨 패주었지요. 그리고 사실대로 모두 말했어요. 네까짓 년은 그걸 가지고 노는 것밖엔 바라지 않는 년이라고 말이죠. 그리고 마지막으로 '내가 너한테 어떤 일을 해줬는지 알면 세상 사람들이 모두 부러워할 거라는 걸 넌 모르지? 좀 있으면 네가 지난날에 어떤 행복을 누렸는지 알게 될 테니, 두고 봐.'라고 말해줬답니다, 뫼르소 씨."

그는 피 터지게 여자를 때렸다고 했다. 하지만 그전에는 그 여자를 때린 적이 없었다고 말했다.

"손찌검이야 조금씩 했지만 그야 그냥 살살 했던 거예요. 그런데도 그녀은 늘 악을 썼어요. 그러면 나는 덧문을 닫아버리고 결국은 늘 마찬가지로 끝나버리곤 했죠. 하지만 이번엔 본격적이었어요. 그런데도 난 시원하지가 않아요. 그녀에게 벌을 제대로 다 주지 못했다는 생각이 들거든요."

그렇기 때문에 충고가 필요한 것이라고 그는 나에게 설명했다. 그을음이 나는 램프의 심지를 조절하느라고 잠깐 말이 중단되었다. 나는 줄곧 그의 이야기를 들으면서 포도주를 거의 1리터나 마셨다. 얼굴이 몹시 달아올랐다. 내 담배가 떨어져서 나는 레몽의 담배를 피우고 있었다. 마지막 전차들이 지나가면서 지금은 아득하게 들리는 변두리의 소리를 실어 가고 있었다.

레몽은 이야기를 계속했다.

난처한 일은 자기가 아직도 그 여자에게 약간 미련을 갖고 있는 거라면서, 하지만 혼내줘야 한다고 생각했기 때문에 처음에는 그녀을 호텔로 데려다 놓고 '풍기단속반'에 신고해서 기록대장에 오르게 할까 생각했다.

그 다음에는 그의 뒷골목 친구들에게 그 얘기를 하고 의견을 구했지만 그들은 좋은 방법을 아는 게 없다고 말했다는 것이다. 레몽이 뒷골목 친구들이 그런 것 하나쯤 모를 리가 없다고 말하자 그들은 여자에게 '낙인'을 찍어 버리면 어떻겠느냐고 말했다고 했다. 하지만 그는 그렇게까지는 하고 싶지 않아서 그건 좀 생각해봐야겠다고 말하고 돌아왔다는 것이다.

그는 나에게 한 가지 묻고 싶은 것이 있는데, 물어보기 전에 내가 자기가 한 얘기를 어떻게 생각하는지 먼저 알고 싶다고 말했다.

나는 별 생각 없이 그저 재미있는 얘기라고 생각한다고 대답했다.

그는 자기가 속고 있었다고 생각하느냐고 물었다.

생각해 보니 정말 그런 것 같다고 나는 대답했다.

그는 나 역시 그 여자를 혼내주어야 한다고 생각하는지, 만약 그렇다면 어떻게 하겠는지 물었다.

나는 그런 경우에 어떻게 할지는 모르겠지만, 그가 여자를 혼내주겠다는 기분은 이해할 수 있다고 대답했다.

나는 또 포도주를 약간 마셨다. 그는 담배에 불을 붙이고 나서 자기의 생각을 털어놓았다.

여자에게 '발로 차버리겠다는 뜻의, 하지만 동시에 여자의 욕정을 도발시킬 만한 사연의' 편지를 보내고, 그래서 여자가 돌아오면, 여자와 함께 잠자리에 들고는 '끝나갈 때' 여자의 낯짝에 침을 뱉어주고 밖으로 내쫓아 버리겠다는 것이었다.

내 생각에도 그렇게 하면 여자에게 진짜 징계가 될 것 같다고 대답했다.

그러자 레몽은, 자기는 그런 적절한 편지를 쓸 수 없을 것 같기 때문에 편지 내용을 작성하는 일을 나에게 부탁할까 생각했다고 말했다.

나는 아무 대답도 하지 않았다.

그는 나에게, 지금 당장 그 편지를 쓰는 것은 귀찮겠느냐고 물었다.

나는 그렇지는 않다고 대답했다.

그러자 그는 포도주를 한 잔 마시고 일어서서 접시들과 먹다 남은 소시지를 한옆으로 밀어놓았다. 그는 탁자의 방수포를 정성스럽게 닦았다. 그는 라이트테이블(유리 내부에 전등을 달아 그 빛을 이용할 수 있도록 만든 작업용 테이블) 서랍에서 모눈종이 1장과 노란 봉투와 붉은 나무로 된 작은 펜대와 보랏빛 잉크가 든 네모난 병을 꺼냈다.

여자의 이름을 들어보니 아랍인이었다. 나는 편지를 썼다. 그냥 생각나는 대로 쓰기는 했지만 그래도 레몽의 마음에 들도록 신경을 썼다. 왜냐하면 레몽의 마음에 들지 않게 쓸 이유가 전혀 없었기 때문이다.

편지를 다 쓰고 나서 나는 큰 소리로 편지를 읽어주었다. 그는 담배를 피우면서 머리를 끄덕거렸다. 그리고 한 번만 다시 읽어달라고 청했다. 그는 편지가 무척 마음에 든다고 말했다.

"자네가 세상물정에 밝다는 것을 나는 벌써부터 알고 있었어." 그가 말했다.

그때 나는 그가 나에게 자네라고 말하는 것을 알아차리지 못했다.

"이제 자넨 내 진짜 친구야." 그가 다시 말했다.

나는 그제야 비로소 자네라는 말에 깜짝 놀랐다. 그는 다시 같은 말을 되풀이했다.

"그래." 나는 대답했다.

그의 친구가 되든 말든 내겐 상관없는 일이었다. 하지만 그는 정말로 나와 친구가 되고 싶은 모양이었다. 그는 편지를 봉했다. 그리고 우리는 남은 포도주를 마저 마셨다.

우리는 잠시 아무 말 없이 담배만 피웠다. 밖은 쥐 죽은 듯 고요했고 가끔 미끄러지듯 지나가는 자동차 소리가 들릴 뿐이었다.

"늦었는데." 내가 말했다.

레몽도 그렇다고 생각하는 것 같았다. 그는 시간이 빨리 간다고 말했다. 어떤 의미로는 그것은 사실이었다. 졸음이 쏟아졌다. 하지만 일어서기가 힘들었다. 내가 피곤하게 보였던지 레몽은 나에게 자포자기에 빠지면 안 된다고 말했다. 나는 갑자기 무슨 생뚱맞은 소린가 했다. 그러자 그는 나에게 엄마가 돌아가셨다는 소식을 들었다면서 어차피 누구나 한 번은 겪어야 할 일이라고 설명했다. 그건 내 생각도 마찬가지였다.

나는 일어섰다. 레몽은 내 손을 굳게 움켜쥐고 사나이끼리는 언제나 이해할 수 있는 것이라고 말했다. 그의 방을 나서자 나는 문을 닫고 어두운 층계참에 잠시 서 있었다. 건물 안은 온통 고요하고, 깊숙한 층계 밑에서 으스스하고 습한 바람이 올라오고 있었다. 맥박 뛰는 소리가 귓전에 맴돌았다. 나는 고요 속에 그냥 우두커니 서 있었다. 살라마노 영감 방에서 개가 나직이 끙끙거리는 소리가 들렸다.

4

일주일 내내 나는 줄곧 일을 많이 했다.

레몽이 와서 편지를 부쳤다고 말했다.

에마뉘엘과 함께 영화를 보러 두 번 갔었는데 그는 스크린 위에서 일어나는 일을 도무지 이해 못하는 때가 가끔 있었다. 그럴 때마다 나는 그에게 상황을 설명을 해주어야 했다.

어제 토요일에는 약속했던 대로 마리가 찾아왔다. 나는 그녀에게 몹시 욕정을 느꼈다. 마리가 붉은색과 흰색 줄무늬가 섞여 있는 아름다운 옷을 입고 가죽 샌들을 신고 있었기 때문이다. 옷 위로 탄력 있는 가슴선이 완연히 드러나 보이고, 햇볕에 잘 그을린 갈색 얼굴은 꽃처럼 아름다웠다.

우리는 버스를 타고, 알제에서 몇 킬로미터 떨어진 곳에 있는 바닷가로 나갔다. 양옆으로 바위가 솟아 있고 육지 쪽으로는 갈대가 우거진 아름다운 곳이었다. 오후 4시의 태양은 과히 뜨겁지 않았고 물은 따뜻했으며, 길게 퍼진 작은 물결이 나른하게 넘실거리고 있었다.

마리가 놀이를 가르쳐주었다. 헤엄을 치며 물결 등성이에서 물을 들이마셔 가지고 입 속에 거품을 가득 채운 다음 반듯이 누워서 하늘을 향해 그것을 내뿜는 것이다. 그러면 물거품 레이스가 되어서 공중으로 사라지기도 하고 미지근한 보슬비처럼 얼굴 위로 떨어지기도 했다. 하지만 그렇게 몇 번 하고 난 다음에는 짠 소금기 때문에 입속이 얼얼했다.

마리가 물속에서 다가와 나에게 달라붙었다. 마리는 내 입에 자기 입술을 갖다 댔다. 그녀의 혀가 내 입술에 산뜻하게 닿았다. 얼마 동안 우리는 물결 속에서 끌어안고 뒹굴었다.

바닷가로 나와서 옷을 갈아입을 때 마리는 빛나는 눈길로 나를 바라보았다. 나는 그녀에게 키스했다. 그때부터 우리는 아무 말도 하지 않았다. 나는 그녀를 꼭 끌어안고 급히 버스를 잡아타고 집으로 돌아왔다. 우리는 방안으로 들어서자마자 곧장 침대 속으로 뛰어들었다. 열린 창문으로 여름밤이 갈색으로 그을린 우리의 몸 위로 흘러 들어오는 것이 무척 상쾌했다.

오늘 아침엔 마리가 가지 않고 남아 있었다. 나는 점심을 같이 먹자고 했다. 나는 고기를 사러 내려갔다. 다시 올라올 때 레몽의 방에서 여자 목소리가 들렸다. 조금 뒤에는 살라마노 영감이 개를 꾸짖는 소리가 들렸다. 다시 나무 층계 위를 걷는 구둣발 소리와 개가 발톱으로 긁는 소리가 들렸다. 이윽고 "빌어먹을 놈, 망할 자식!" 하고 욕하는 영감의 목소리가 들리더니 결국 그들은 거리로 나가버렸다.

영감 이야기를 마리에게 해주었다. 마리는 웃었다. 그녀는 내 파자마를 입고 소매를 걷어 올리고 있었다. 그녀가 웃었을 때 나는 또 욕정을 느꼈다.

마리가 나에게 자기를 사랑하느냐고 물었다. 그런 것은 아무런 의미도 없는 말이지만, 사랑하고 있는 것 같지는 않다고 나는 대답했다. 마리는 슬픈 표정을 지었다. 하지만 점심을 준비하면서 아무것도 아닌 일에 또 웃어댔다. 나는 그런 그녀에게 키스해 주었다.

바로 그때 레몽의 방에서 말다툼 소리가 터져 나왔다. 먼저 여자가 날카로운 목소리로 뭐라고 지껄이는 소리가 들렸다.

"요년아, 니가 날 곯려먹으려고 했겠다. 나를 곯려먹으면 어떻게 되는지 가르쳐주지."

레몽의 거친 목소리가 들렸다.

이어서 퍽퍽 소리가 나고 여자가 미친 듯이 비명을 질러댔다. 그 비명이 어찌나 높고 날카로운지 층계참에는 어느새 사람들이 잔뜩 모여들었다. 마리와 나도 밖으로 나갔다. 여자는 여전히 비명을 지르고 있었고 레몽은 여전히 때리고 있는 것 같았다.

마리는 끔찍하다고 말했다. 나는 아무 대답도 하지 않았다. 그녀는 나에게 경찰을 불러오라고 말했다. 나는 경찰이 싫다고 말했다.

3층에 세 들어 사는 납땜장이가 어느새 경찰을 한 사람 데리고 들어왔다. 경찰이 문을 두드렸다. 안에서 소리가 뚝 그쳤다. 이제 아무 소리도 들리지 않았다. 경찰이 더 크게 문을 두드렸다. 다시 여자의 울음소리가 들렸다. 레몽이 문을 열었다. 그는 입에 담배를 물고 사뭇 부드러운 표정을 짓고 있었다.

"이름이 뭐야?" 경찰이 물었다.

레몽은 이름을 말했다.

"말할 때는 입에서 담배를 빼." 경찰이 말했다.

레몽은 망설이다가 나와 눈이 마주치자 담배를 빨아들였다. 그러자 경찰은 두껍고 묵직한 손바닥으로 레몽의 얼굴에 힘껏 따귀를 올려붙였다. 담배가 몇 미터 떨어진 곳으로 날아갔다. 레몽은 안색이 변했지만 당장에는 아무 말도 하지 않았다. 그러더니 공손하게 담배를 주워도 좋으냐고 물었다. 경찰은 그러라고 했다.

"다음부터는 경찰이 허수아비가 아니라는 걸 알아두라구." 경찰이 말했다.

그러는 동안에도 여자는 계속 울면서 같은 말을 몇 번이나 되풀이했다.

"이놈이 날 때렸어요. 이놈은 포주예요."

"경찰 나리. 남자에게 포주라는 말을 해도 됩니까? 그런 법이 있습니까?" 레몽이 물었다.

경찰은 대답 대신 그에게 닥치고 있으라고 호통을 쳤다. 그러자 레몽은 여자를 돌아보며 말했다.

"두고 봐, 요년아. 다시 만날 날이 있을 테니."

경찰은 레몽에게 다시 닥치라고 한 다음, 여자에게 가도 좋다고 말했다. 그리고 레몽에게는 방으로 들어가서 경찰서에서 소환할 때까지 기다리라고 하면서 그렇게 몸이 떨리도록 취한 것을 부끄럽게 생각하라고 말했다.

"경찰 나리, 저는 취하지 않았습니다. 그저 나리 앞에서 있으니까 떨리는 거예요. 그건 어쩔 수 없잖습니까?"

레몽은 이렇게 말하고 문을 닫아버렸다. 구경꾼들도 다 가버렸다. 마리와 나는 점심 준비를 끝마쳤다. 하지만 그녀는 먹고 싶지 않다고 했다. 그래서 나는 준비한 음식을 혼자서 거의 다 먹었다. 마리는 1시에 갔다. 나는 조금 더 잠을 잤다.

3시쯤 문 두드리는 소리가 나더니 레몽이 들어왔다. 나는 침대에 누워 있었다. 그는 내 침대 가에 앉았다. 그는 한동안 말이 없었다. 결국 일이 어찌 되었는지 내가 먼저 물었다. 계획대로 했는데 여자가 따귀를 때리더라. 그래서 두들겨 패줬다. 그리고 그 다음은 내가 본 대로라고 그가 말했다.

이제는 여자를 혼내줬으니 만족스럽겠다고 내가 말했다. 그는 그렇다고 대답했다. 그러고는 경찰이 뭐라고 한들 여자가 이미 맞은 매를 어떻게 할 수는 없다는 점을 지적했다. 그리고 자기는 경찰들이 어떤 사람들인지 잘 알고 있기 때문에 그들을 어떻게 다루어야 하는지도 잘 알고 있다고 말했다. 그러면서 경찰이 따귀를 때렸을 때 자기가 대들 거라고 기대하고 있었느냐고 물었다.

나는 전혀 기대하지 않았다고 대답하고, 도대체 경찰이란 것을 나는 좋아하지 않는다고 덧붙였다.

레몽은 매우 만족한 표정으로 함께 나가자고 말했다. 나는 일어나서 머리를 빗기 시작했다. 그러자 그는 나더러 그의 증인이 되어달라고 말했다. 나는 아무래도 상관없었다. 다만 무슨 말을 해야 좋을지는 알 수 없었다. 여자가 자기에게 버릇없이 굴었다고 말하기만 하면 된다고 레몽이 말했다. 나는 그의 증인이 되기를 승낙했다.

우리는 밖으로 나갔다. 레몽이 브랜디를 한 잔 샀다. 그러고는 당구를 한 판 쳤는데 근소한 차이로 내가 졌다. 그 다음에 그는 매춘부에게 가자고 했다. 나는 그런 건 싫다고 했다. 그래서 우리는 천천히 걸어서 집으로 돌아왔다. 레몽은 계집을 혼내주는 데 성공한 것이 얼마나 만족스러운지 모른다고 말했다. 그는 내게 다정하게 굴었고 나는 즐거운 한때라고 생각했다.

멀리서부터 나는 문간에서 흥분한 표정으로 서 있는 살라마노 영감을 알아보았다. 가까이 가서 보니 개가 보이지 않았다. 그는 이리저리 사방을 둘러보고 집 주위를 빙빙 돌고 컴컴한 복도를 샅샅이 들여다보면서 두서없는 말을 중얼거리고 있었다.

벌겋게 충혈 된 작은 눈을 두리번거리며 길을 훑어보는 영감에게 레몽이 무슨 일이 있었느냐고 물었지만 영감은 대답하지 않았다.

"빌어먹을 놈! 망할 자식!" 하고 중얼거리는 소리만이 어렴풋이 들렸다. 노인은 계속해서 어쩔 줄 모르고 서성거렸다. 개는 어디 있느냐고 내가 묻자 달아나버렸다고 불쑥 대답했다. 그러더니 갑자기 수다스럽게 이야기를 늘어놓기 시작했다.

"늘 그랬던 것처럼 오늘도 '연병장'에 데리고 갔었죠. 노점들 근처에 사람들이 많습디다. '탈주왕(脫走王)'이란 간판이 붙어 있기에 뭔지 보려고 잠시 걸음을 멈췄을 뿐인데 그 새 그놈이 없어진 거예요. 물론 벌써부터 좀 작은 목걸이를 사야겠다고 생각은 하고 있었지만, 그 빌어먹을 놈이 그렇게 목을 쏙 빼서 도망쳐버릴 줄이야 생각도 못했다니까요."

개가 어쩌면 길을 잃어버린 것일지도 모르니까 언젠가는 알아서 돌아올 것이라고 레몽이 말했다. 그는 주인에게 돌아오기 위해서 수십 킬로미터나 걸어온 개가 있었다는 사례까지 들어 보였다. 그러자 영감은 더 흥분해서 말했다.

"그렇지만 그러기 전에 잡혀가고 말 거예요. 누가 그걸 데려다 길러 준다면 또 몰라도 그럴 리가 있겠수? 그렇게 헐고 딱지투성이 개를 어떤 사람이 좋아하겠수? 경찰들이 잡아가고 말 거예요. 틀림없어요."

그래서 나는 그에게 경찰서의 동물 보호소를 찾아가 보라고 말해 주면서, 아마 수수료를 얼마쯤 내면 찾을 수 있을 것이라고 덧붙였다. 영감은 수수료가 얼마나 되는지 물었다. 나는 그것까지는 알지 못했다. 그러자 영감은 화를 내며 다시 욕설을 퍼붓기 시작했다.

"그 빌어먹을 놈 때문에 돈을 내야 하다니. 그만 놈이야, 죽어버리든지 말든지!"

레몽은 웃으며 아파트 건물 안으로 들어갔다. 나도 그의 뒤를 따랐고 우리는 이층 층계참에서 헤어졌다. 조금 뒤에 영감의 발자국 소리가 나는가 싶더니 그가 내 방문을 두드렸다. 나는 문을 열었다. 그는 잠시 문간에 서 있다가 "미안합니다, 미안합니다." 하고 말했다.

나는 안으로 들어오라고 권했지만 그는 들어오려고 하지 않았다. 그는 구두 끝만 내려다보고 있었고, 그의 딱지투성이 손은 부르르 떨리고 있었다. 나를 쳐다보지도 않은 채 그는 나에게 물었다.

"개를 빼앗진 않겠지요, 뫼르소 선생? 돌려주겠지요? 안 그러면 나는 어떻게 되겠어요?"

동물 보호소에서는 주인이 찾아갈 수 있도록 사흘 동안 개를 보호하는데, 사흘이 지나도 주인이 찾아가지 않으면 적당히 처분해버린다고 나는 그에게 일러주었다.

그는 아무 말 없이 나를 쳐다보았다.

"안녕히 주무세요." 그가 말했다.

그가 자기 방문을 닫는 소리가 나더니, 방안에서 오락가락하는 소리가 들렸다. 그의 침대가 삐걱거렸다. 벽을 통해서 괴상한 소리가 조그맣게 들렸다. 나는 그가 울고 있다는 것을 알았다. 그때 내가 왜 엄마 생각을 했는지 모르겠다. 아무튼 다음날 아침에는 일찌감치 일어나야만 했다. 별로 배가 고프지 않았기 때문에 나는 저녁도 먹지 않고 잤다.

5

레몽이 회사로 전화를 했다. 자기 친구에게 내 이야기를 했다고 말하면서 그 친구가 알제 근처의 조그만 별장에서 일요일 하루를 지내자고 나를 초대했다는 것이었다. 나는 그러고 싶지만 여자 친구와 선약이 있다고 대답했다. 레몽은 그 여자 친구도 같이 데려오라고 하면서 그렇잖아도 그 친구의 부인은, 온통 남자들뿐이라서 여자가 오면 아주 좋아할 거라고 말했다.

밖에서 개인적인 전화가 걸려오는 것을 사장이 좋아하지 않는다는 걸 알고 있었기 때문에 나는 곧 알았다고 말하고 전화를 끊으려고 했다. 그러자 레몽은 잠깐 기다리라고 하더니, 이 초대의 건은 저녁에라도 얼마든지 전할 수 있는 일이었고 정작 중요한 일은 지금부터라면서 그날 하루 종일 옛 정부의 오라비가 끼어 있는 아랍 사람들 한 패에게 미행을 당했다고 말했다.

"그러니까 오늘 저녁에 퇴근할 때 집 근처에서 그놈들을 보거든 나한테 좀 알려달라고." 그가 당부했다.

나는 알았다고 말했다.

조금 뒤에 사장이 나를 불렀다. 전화는 되도록 삼가고 좀 더 열심히 일하라고 말하려는 건가 하는 생각이 들자 기분이 무척 언짢아졌다. 그런데 알고 보니 그런 얘기가 아니었다. 사장은 아직 막연한 계획에 불과한 어떤 일에 대해 나에게 이야기하고 그에 대한 나의 의견을 들어보고 싶다는 것이었다.

"파리에 출장소를 설치해서 파리의 큰 회사들과 현지에서 직접 거래를 하려고 하는데, 그렇게 되면 그리로 갈 생각이 혹시 있나?"

사장은 내 의사를 미리 알아두고 싶다고 말했다. 그리고 그렇게 되면 나는 파리에서 생활할 수 있고, 1년에 얼마 동안은 여행을 할 수도 있다고 덧붙였다.

"자넨 젊으니까 그런 생활이 마음에 들 것 같은데, 자네 생각은 어때?"

나는 그렇기는 한데, 결국 이러나저러나 내게는 마찬가지라고 대답했다. 그러자 사장은 생활의 변화에 흥미를 느끼지 않느냐고 물었다.

사람이란 어딜 가든 결코 생활방식을 바꿀 수 없고, 어차피 어떤 생활이든 다 그게 그거고, 또 이곳에서 이렇게 사는 것에 대해 나는 조금도 불만을 느끼지 않는다고 나는 대답했다.

그는 아주 불만스러운 표정으로, 내 대답은 언제나 딴전을 피우는 것이고 나에게는 야심이 없다면서 그것은 사업하는 사람에게는 아주 좋지 못한 점이라고 말했다.

나는 자리로 돌아와서 다시 일을 시작했다. 나는 사장의 비위를 거스르고 싶지는 않았지만 내 생활을 바꿔야 할 아무런 이유도 찾아낼 수 없었다. 곰곰 생각해봐도 나는 불행하진 않았다. 학생 때에는 물론 그런 종류의 야심도 꽤 있었다. 하지만 학업을 포기하지 않을 수 없었을 때, 그러한 모든 것이 실제로는 전혀 중요하지 않다는 것을 나는 금방 깨달았던 것이다.

저녁에 마리가 찾아와서 자기와 결혼할 마음이 있는지 물었다. 나는 별 상관없지만 마리가 원한다면 그래도 좋다고 말했다. 그녀는 내가 자기를 사랑하는지 알고 싶다고 했다. 나는 전에 이미 말했던 것처럼, 그건 아무 의미도 없는 말이지만 아마 사랑하지는 않는 것 같다고 대답했다.

"그렇다면 왜 나하고 결혼해요?" 마리가 물었다.

그런 건 전혀 중요하지 않지만 정 원한다면 결혼을 해도 좋다고 말했다. 게다가 결혼을 요구한 것은 그녀 쪽이고 나는 그저 승낙했을 뿐이라고 설명했다. 그러자 마리는, 결혼은 중대한 일이라고 나무라는 투로 말했다.

"아니야." 나는 대답했다.

그녀는 잠시 말없이 나를 쳐다보았다. 그러고 나서 자기와 같은 관계로 맺어진 다른 여자가 같은 식으로 청혼해도 승낙을 했을 것인지 알고 싶다고 말했다.

"물론이지." 나는 대답했다.

마리는 잠시 또 묵묵히 앉아 있었다. 자기가 나를 사랑하는지 어떤지를 생각해보는 것 같았지만 그녀가 정작 무슨 생각을 하는지 나로서는 전혀 알 길이 없었다. 조금 있다가 그녀는 나에게 참 이상한 사람이라고 말했다. 그리고 아마 그 때문에 자기가 나를 사랑하고 있는 것일 테지만, 바로 그 때문에 내가 싫어질 때가 올지도 모른다고 말했다. 나는 할 말이 없어서 잠자코 있었다.

마리가 웃으면서 내 팔을 붙잡고 나와 결혼하고 싶다고 말했다. 나는 그녀가 원한다면 언제든지 결혼하자고 대답했다.

나는 그녀에게 사장의 제안을 얘기했다. 마리는 파리에 살아보고 싶다고 말했다. 내가 잠시 파리에서 살아본 적이 있다고 말했더니, 파리는 어떤 곳이냐고 물었다.

"아주 더러워. 비둘기들과 컴컴한 안뜰들이 있어. 사람들은 모두 피부가 허얘." 나는 대답했다.

그러고 나서 우리는 큰길을 따라 시내를 거닐었다. 여자들은 모두 아름다웠다. 나는 마리에게 그 점을 눈여겨보았느냐고 물었다. 마리는 그렇다고 대답했다. 그리고 내 기분을 이해할 수 있다고도 말했다. 얼마 동안 우리는 아무 말 없이 걸었다. 나는 그녀와 함께 있고 싶었다. 나는 그녀에게 셀레스트네 식당에서 저녁을 같이 먹으면 어떻겠느냐고 물었다. 마리는 그러고 싶지만 볼일이 있다고 했다. 마침 우리는 집 근처에 이르렀기에 나는 잘 가라고 인사했다. 그녀는 나를 쳐다보았다.

"내가 무슨 볼일이 있는지 알고 싶지 않아요?"

그녀가 물었다.

알고 싶긴 해도 물어볼 생각을 미처 못 했을 뿐인데 마리는 그것을 나무라는 눈치였다. 그녀는 나의 멋쩍은 표정을 보고 다시 웃더니, 불쑥 온몸으로 나에게 달려들어 입술을 내밀었다.

나는 셀레스트네 식당에서 저녁을 먹었다. 막 먹기 시작했을 때, 키 작고 좀 이상한 느낌을 주는 여자가 혼자 들어와서 내 테이블에 같이 앉아도 좋으냐고 물었다. 물론 앉아도 좋다고 말했다.

몸집이 앙증맞게 작고, 능금 같은 작은 얼굴에 눈이 반짝반짝 빛나는 그 여자는 재킷을 벗고 자리에 앉아 열심히 메뉴를 살펴보더니 셀레스트를 불러, 명확하고 빠른 목소리로 여러 가지를 한꺼번에 주문했다.

오르되브르(식사 전에 나오는 간단한 요리)를 기다리는 동안 그녀는 핸드백을 열고 네모난 메모지와 연필을 꺼내 계산을 하더니 지갑에서 팁까지 덧붙인 정확한 금액을 자기 앞에 꺼내놓았다.

오르되브르가 나오자 그녀는 급히 먹고 나서 다시 핸드백에서 푸른 연필과 일주일 동안의 라디오 프로그램이 실린 잡지를 꺼냈다. 그녀는 정성스럽게 하나씩 하나씩 거의 모든 방송에 표시를 하기 시작했다. 잡지는 열두어 페이지나 되었기 때문에 그녀는 식사를 하는 동안에도 줄곧 세밀하게 그 일을 계속했다.

내가 식사를 마쳤을 때도 그녀는 여전히 열심히 표시를 하고 있었다. 그러더니 일을 다 마쳤는지 일어서서 꼭두각시 같은 몸짓으로 재킷을 입고 나가버렸다.

아무것도 할 일이 없었기 때문에 나도 밖으로 나가 여자의 뒤를 잠시 따라갔다. 그녀는 인도 가장자리를 따라 믿을 수 없을 정도로 빨리, 옆으로 비키거나 뒤돌아보는 일도 절대로 없이 정확하게 제 갈 길만 가고 있었다. 마침내 여자는 내 시야 밖으로 사라졌다. 나는 가던 길을 되돌아왔다. 이상한 여자라는 생각이 들었지만 나는 곧 그 여자를 잊어버리고 말았다.

내 아파트 문 앞에서 살라마노 영감을 만났다. 들어오라고 했더니 이번에는 나를 따라 방으로 들어왔다. 영감은 동물 보호소에 가봤는데 개가 없더라면서 결국 잃어버리고 만 것이라고 알려주었다. 동물 보호소의 사무원들은 아마 차에 치어 죽었을 거라고 말하더라는 것이었다. 경찰서에 가보면 정말 그랬는지 아닌지 알 수 있지 않느냐고 물으니까, 늘 흔히 있는 일이라 아무 흔적도 남지 않는다고 대답하더라는 것이었다.

나는 살라마노 영감에게 다른 개를 기르면 어떻겠느냐고 말했다.

영감은 그 개와 오래 살아서 정이 들었다고 말했다.

그건 일리 있는 말이었다.

나는 침대 위에 웅크리고 앉아 있었고, 살라마노 영감은 두 손을 무릎 위에 놓고 테이블 앞 의자에 나와 마주 보고 앉아 있었다. 그는 낡은 중절모자를 쓴 채로였다. 누런 수염 밑으로 말을 씹어 삼키듯 중얼거리는 영감과 같이 있기가 좀 거북했지만, 그렇다고 달리 할 일이 있는 것도 아니었고 졸리지도 않았다. 무슨 말이든 해야 할 것 같아서 나는 그의 개에 대해 물어보았다.

개를 기른 것은 그의 아내가 죽은 뒤부터라고 영감은 대답했다. 그는 꽤 늦게 결혼했다. 젊었을 땐 연극을 하고 싶어 했고, 군대에 있는 동안 군인극 보드빌에 출연하기도 했다. 하지만 결국 철도국에 근무하게 되었는데 지금 와서 그것을 후회하지는 않는다. 왜냐하면 덕분에 지금 약간의 연금이나마 탈 수 있기 때문이다.

아내와의 결혼 생활이 그다지 행복한 것은 아니었지만 대체로 아내에게 길이 들었던 편이었다. 아내가 세상을 떠났을 때 그는 무척 외로움을 느꼈다. 그래서 작업장 동료에게 부탁해서 아주 어린 강아지 한 마리를 얻어 왔다. 처음에는 젖병을 물려서 기를 정도로 어린 놈이었지만 개의 수명이 사람의 수명보다 워낙 짧다 보니 그들은 어느새 함께 늙어가는 처지가 되고 말았다.

"그놈 성미가 못돼 먹어서 가끔 말다툼을 했지요. 하지만 아주 좋은 개였어요." 살라마노 영감이 말했다.

혈통이 좋은 개처럼 보였다고 내가 맞장구를 쳤더니 영감은 아주 만족한 얼굴로 덧붙였다.

"게다가 그놈이 병에 걸리기 전에 어땠는지 본 적 없죠? 털이 정말 아름다웠어요."

개가 피부병에 걸린 다음부터 매일 아침저녁으로 포마드를 발라주었지만 그놈의 진짜 병은 노쇠병이라 고칠 도리가 없었다고 살라마노 영감은 말했다.

그때 나는 나도 모르게 하품을 했다. 영감은 가겠다고 말했다. 나는 좀 더 있어도 괜찮다고 말하고 개를 잃어버린 것을 안타깝게 생각한다고 말했다.

영감은 고맙다고 인사했다. 그리고 엄마가 그 개를 몹시 귀여워했다면서 '가엾은 자당님'이라고 말했다.

엄마가 세상을 떠나서 무척 마음이 아프겠다고 그가 위로했지만 나는 대답하지 않았다. 그러자 그는 어색한 표정으로, 동네에서는 어머니를 양로원에 보냈다고 나를 나쁘게 생각하고 있지만, 자기는 내가 어떤 사람인지 잘 알고 있으며, 내가 엄마를 퍽 사랑했었다는 것도 알고 있다고 재빨리 말했다.

내가 왜 그런 말을 했는지는 지금도 모르겠다. 아무튼 나는 엄마 때문에 내가 악평을 받고 있었다는 것을 지금까지 전혀 모르고 있었으며 나에게는 엄마를 돌볼 사람을 따로 둘 만한 돈이 없었기 때문에 양로원에 보내는 것은 마땅한 일이었다고 생각한다고 대답했다.

"게다가 엄마는 오래 전부터 나랑 지내는 것이 외롭고 적적하다고 하셨는걸요." 내가 덧붙였다.

"그럼요, 양로원에선 친구라도 사귈 수 있으니까요." 그가 말했다.

그는 자리에서 일어섰다. 가서 자려는 것이었다. 이제 어쩔 수 없이 그의 생활은 바뀌게 됐는데 앞으로 어떻게 하면 좋을지 그는 알지 못했다. 그와 알게 된 이래 처음으로 그는 슬그머니 나에게 손을 내밀었다. 손에서 비늘 같이 거슬거슬한 부분이 느껴졌다. 그는 약간 웃어 보이고 방을 나서다가 말했다.

"오늘밤은 제발 개들이 짖지 않았으면 좋으련만. 내 개가 아닌가 하는 생각이 자꾸 들어서요."

6

일요일엔 도무지 일어나기가 힘들어서 마리가 와서 흔들어 깨울 때까지 잠들어 있었다. 우리는 일찍부터 해수욕을 하고 싶어서 아침도 먹지 않고 출발했다. 나는 왠지 속이 텅 빈 것 같고 머리가 조금 아팠는데 담배를 피워도 쓰기만 하고 아무 맛을 느낄 수가 없었다. 그런 나를 보고 마리는 '초상 치르는 사람 같은 얼굴'을 하고 있다며 놀려 댔다. 마리는 머리를 풀어 길게 늘어뜨리고 하얀 옷을 입고 있었다. 나는 그녀에게 예쁘다고 말했다. 그녀는 좋아하며 웃었다.

나오는 길에 우리는 레몽의 방문을 두드렸다. 레몽은 곧 내려오겠다고 안에서 대답했다. 거리로 나서자 피곤해선지 밤새 덧문을 열지 않고 있었던 탓인지 벌써 퍼질 대로 퍼진 뜨거운 햇볕에 나는 따귀를 얻어맞는 것 같은 기분이 들었다.

마리는 기뻐서 깡충거리며 날씨가 좋다고 몇 번이나 말했다. 기분이 좀 나아지자 나는 배가 고픈 것을 느꼈다. 마리에게 배고프다고 말하니까 그녀는 우리 두 사람의 수영복과 수건만 들어 있는 헝겊가방을 열어 보였다. 기다리는 수밖에 없었다. 이윽고 레몽이 방문을 닫는 소리가 들렸다. 그는 푸른 바지에 소매가 짧은 흰 셔츠, 거기에 밀짚모자를 쓰고 있었는데, 마리는 웃겨 죽는다고 난리였다. 게다가 허연 팔목은 시커먼 털로 덮여 있었다. 그것이 나에게는 좀 역겹게 느껴졌다. 그는 즐거운 표정으로 휘파람을 불면서 내려왔다.

"잘 잤나, 자네."

레몽이 나에게 인사했다. 그리고 마리를 '마드무아젤'이라고 불렀다.

그 전날 그와 함께 경찰서에 가서 나는 그 여자가 레몽에게 '버릇없이 굴었다'고 증언했다. 레몽은 경고만 받고 나왔다. 내 진술을 트집 잡는 사람은 아무도 없었다. 문 앞에서 레몽과 그 얘기를 하고 나서 우리는 버스를 타기로 결정했다. 바닷가는 그다지 멀지 않지만 버스를 타면 더 빨리 갈 수 있을 것이고, 그의 친구도 우리가 일찍 오는 것을 기뻐하리라고 레몽은 생각하고 있었다.

우리가 막 길을 떠나려고 할 때, 갑자기 레몽이 맞은 편을 보라고 눈짓했다. 아랍 사람들 한 패가 담배 가게 진열창에 기대 서 있는 것이 보였다. 그들은 묵묵히 우리를 보고 있었는데, 마치 우리가 돌이나 죽은 나무에 지나지 않는다는 듯한 태도였다.

왼편에서 두 번째에 있는 놈이 그놈이라고 레몽이 말했다. 그는 신경 쓰이는 눈치면서도 그건 이젠 끝난 일이라고 덧붙였다. 무슨 영문인지 모르는 마리는 무슨 일이냐고 우리에게 물었다. 아랍 사람들이 레몽에게 원한을 품고 있는 것이라고 나는 대답했다. 마리는 빨리 출발하자고 말했다. 레몽은 몸을 젖히고 서둘러야겠다고 말하며 웃음을 터뜨렸다.

조금 떨어진 정류장으로 우리는 걸어갔다. 레몽은 아랍 사람들이 따라오지 않는다고 나에게 일러주었다. 나는 뒤를 돌아보았다. 그들은 그 자리에 그대로 서서 우리가 이제 막 떠나온 자리를 여전히 무심한 태도로 바라보고 있었다. 우리는 버스에 올라탔다. 레몽은 아주 안심한 표정으로 마리에게 줄곧 농담을 걸고 있었다. 마리가 무척 마음에 드는 눈치였지만 마리는 이따금 웃으면서 레몽을 쳐다볼 뿐 거의 아무 대답도 하지 않았다.

우리는 알제 교외에서 내렸다. 바닷가는 정류장에서 멀지 않았다. 하지만 바다를 굽어보며 모래밭 쪽으로 내리뻗은 조그만 언덕을 지나야만 했다. 눈부시게 빛나는 푸른 하늘을 배경으로 노란 돌들과 새하얀 수선화들이 언덕을 온통 뒤덮고 있었다. 마리는 아주 재미있다는 표정으로 헝겊가방을 휘둘러 꽃잎을 떨어뜨리는 장난을 하면서 걸어가고 있었다.

초록색 또는 흰색 울타리를 둘러친 작은 별장들이 죽 늘어서 있었다. 우리는 별장들 사이를 걸어갔다. 어떤 별장은 베란다까지 타마리크스 나무에 파묻혀 있었고, 어떤 별장은 돌들 가운데 덩그마니 서 있었다.

언덕 끝에 이르기도 전에 벌써 움직이지 않는 바다가 눈앞에 나타나고, 더 멀리로 맑은 물속에서 조는 듯 육중한 곶이 보였다. 가벼운 모터 소리가 고요한 대기를 뚫고 우리에게까지 들려왔다.

저 멀리 조그만 트롤 어선 한 척이 반짝이는 바다 위로 움직이는 듯 마는 듯 가고 있었다.

마리는 창포를 몇 송이 꺾었다. 바다로 내려가는 언덕길에서 바라보니 벌써 수영하는 사람들이 더러 있었다.

레몽의 친구는 해변 기슭에 있는 조그만 목조 오두막에 살고 있었다. 집은 바위를 등지고 있었는데, 집의 전면 밑쪽을 떠받치는 기둥들은 물속에 잠겨 있었다.

레몽이 서로를 소개했다. 마송이라는 이름의 그 친구는 보기 좋은 체격에 어깨가 건장하고 키가 큰 사람이었는데, 파리 말씨를 쓰는 동글동글하고 예쁘장한 작은 여자가 함께 있었다. 그는 곧 우리에게 편하게 내 집처럼 지내라고 권하면서 바로 그날 아침에 낚아온 생선 프라이가 있다고 말했다.

내가 집이 무척 아담하고 예쁘다고 말했더니, 그는 토요일과 일요일, 그리고 각종 공휴일마다 그 별장에 와서 지낸다고 대답했다.

"제 아내는 누구든지 뜻이 잘 맞아요." 그가 덧붙였다.

그의 아내는 마침 마리와 이야기를 나누며 웃고 있었다. 아마 그때 처음으로 나는 마리와 결혼할 것을 진심으로 생각한 것 같다.

마송이 헤엄치러 가자고 했다. 하지만 그의 아내와 레몽은 가고 싶지 않다고 말했다. 그래서 우리 셋만 바닷가로 내려갔다. 마리는 곧 물속으로 뛰어들었다. 마송과 나는 잠시 동안 그대로 서 있었다.

그는 말이 좀 느린 편이었는데, 나는 그가 말끝마다 '그뿐만이 아니라'를 덧붙이는 버릇이 있다는 것을 알아차렸다. 실제로 자기가 한 말에 보충할 것이 없을 때에도 그랬다. 마리에 대해서도 그는 이렇게 말했다.

"끝내주는 아가씹니다. 그뿐만이 아니라 아주 매력 있어요."

햇볕을 쬐어 점점 기분이 좋아지는 것을 느끼고 그것에 정신이 팔린 나머지 나는 더 이상 그의 버릇에 신경 쓰지 않게 되었다. 발밑에서 모래가 뜨거워지기 시작했다. 물속으로 들어가고 싶은 욕망을 조금 더 참았다가 마침내 마송에게 말했다.

"들어가 볼까요?"

나는 물속으로 뛰어 들어갔다. 마송은 천천히 물속으로 들어가 발이 땅에 닿지 않게 되어서야 몸을 던졌다. 그는 무척 서툴게 개구리헤엄을 쳤다. 나는 그를 남겨두고 마리에게로 헤엄쳐 갔다. 차가운 물속에서 헤엄을 치니 기분이 흐뭇해졌다. 나는 마리와 함께 멀리까지 헤엄쳐 갔다. 몸짓이나 만족감에 있어 우리는 서로 일치감을 느낄 수 있었다.

바다 한가운데에서 우리는 하늘을 향해 누워 몸을 띄

웠다. 태양이 입으로 흘러드는 물의 장막을 걷어주었다. 마송이 모래사장으로 나가서 햇볕을 쬐려고 눕는 것이 보였다. 멀리서도 그는 큼직하게 보였다.

마리는 나와 함께 헤엄을 치고 싶어 했다. 나는 뒤로 돌아가서 그녀의 허리를 잡고, 그녀가 팔을 놀려 앞으로 나가는 것을 발로 물장구를 쳐서 도와주었다. 고요한 아침의 철썩거리는 물소리가 우리 곁에서 떠나지 않았다. 마침내 나는 지치고 말았다. 그래서 나는 마리를 남겨두고 숨을 크게 쉬면서 규칙적으로 헤엄쳐서 바닷가로 돌아왔다. 나는 마송 옆에 배를 깔고 엎드려 모래 속에 얼굴을 파묻었다.

"참 기분 좋은데요." 내가 말했다.

그도 그렇게 생각한다고 말했다. 조금 있다가 마리가 돌아왔다. 나는 고개를 돌려 마리가 걸어오는 것을 바라보았다. 소금물에 젖은 몸은 매끈해 보였으며, 머리를 뒤로 늘어뜨리고 있었다. 마리는 내 옆구리에 몸을 꼭 붙이고 누웠다. 그녀의 체온과 뜨거운 햇볕 때문에 나는 조금 잠이 들었다.

마리가 나를 흔들어 깨웠다. 마송은 벌써 집으로 돌아갔는데 이제 점심을 먹어야 할 것 같다고 그녀가 말했다. 나는 배가 고팠기 때문에 얼른 일어났다. 하지만 마리는 아침부터 지금까지 내가 한 번도 키스해 주지 않았다고 말했다. 정말 그랬다. 하지만 내가 키스를 하고 싶지 않아서 그랬던 것은 아니었다.

"물속으로 들어가요." 마리가 말했다.

우리는 뛰어가서 곧장 잔물결 속으로 몸을 뻗었다. 몇 번 팔을 저어 헤엄쳐 가다가 마리가 나에게 달라붙었다. 그녀의 다리가 나의 다리에 휘감기는 것을 느끼면서 나는 그녀에게 정욕을 느꼈다.

우리가 다시 바닷가로 돌아오자 마송이 벌써부터 우리를 부르고 있었다. 배가 몹시 고프다고 말했더니 마송은 곧, 내가 마음에 꼭 든다고 자기 아내에게 말했다.

빵은 아주 맛있었고, 나는 내 몫의 생선을 허겁지겁 먹었다. 그런 다음 고기와 감자튀김이 나왔다. 우리는 모두 아무 말 없이 먹었다. 마송은 줄곧 술을 마시면서 나에게도 계속 따라주었다. 커피가 나왔을 때는 머리가 좀 무거워서 나는 담배를 많이 피웠다. 마송과 레몽 그리고 나는 공동비용으로 8월 내내 해변에서 지내면 어떨까 의논했다.

"지금 몇 신지 아세요? 아직 11시 반밖에 안 됐어요."

마리가 불쑥 말했다.

우리는 모두 깜짝 놀랐다. 하지만 매우 일찍 점심을 먹기는 했지만 배고플 때가 결국 식사시간이니까 별로 이상할 것은 없다고 마송이 말했다. 그 말을 듣고 마리가 왜 웃었는지 나는 모른다. 아마 술을 좀 지나치게 마신 탓이었을 것이다.

마송이 바닷가로 산책하러 가자면서 말했다.

"내 아내는 점심을 먹고 나면 꼭 낮잠을 자요. 하지만 난 그게 싫어요. 난 걸어야 하거든요. 건강에도 걷는 게 좋다고 늘 아내에게 말하지만, 뭐, 어쨌든 자기가 하고 싶은 대로 할 수밖에 없지요."

마리는 남아서 마송 부인이 설거지하는 것을 거들겠다고 했고, 키 작은 파리 여자는 남자들 모두 밖으로 나가라고 말했다. 그래서 우리 셋은 바닷가로 내려왔다.

햇빛은 거의 수직으로 모래 위로 쏟아져 내리고 있었다. 게다가 바다 위로 반사되는 그 빛은 견디기 어려울 지경이었다. 이제 바닷가에는 아무도 없었다. 언덕 끝을 따라 바다를 굽어보며 늘어선 작은 별장들 안에서는 접시며 포크, 스푼들이 덜그럭거리는 소리가 들리고 있었다. 땅에서 올라오는 열기로 데워진 돌들 속에서는 거의 숨 쉬는 것조차 어려울 지경이었다.

레몽과 마송이 내가 알지 못하는 일과 사람들에 대해 주고받는 이야기를 들으면서 나는 그들이 오래 전부터 아는 사이고, 한때 같이 산 적도 있었다는 사실을 알게 되었다. 우리는 물가 쪽으로 가서 바다를 끼고 걸었다. 때때로 잔물결이 길게 밀려와서 우리의 헝겊신발을 적셨다. 나는 맨머리 위로 내리쬐는 태양 때문에 반쯤 몽롱해져 있었기 때문에 아무 생각도 할 수 없었다.

그때 레몽이 마송에게 뭐라고 말했지만 나는 알아듣지 못했다. 하지만 그와 동시에 나는 바닷가 저편 아주 멀리서 푸른 작업복을 입은 아랍 사람 둘이 우리 쪽으로 걸어오고 있는 것을 보았다. 나는 레몽을 쳐다보았다.

"그놈이야." 레몽이 말했다.

우리는 계속 걸었다. 마송은 그들이 어떻게 여기까지 우리를 따라올 수 있었을까 하고 물었다. 우리가 해수욕 가방을 가지고 버스를 타는 것을 그들이 보았던 것이라고 나는 생각했지만 아무 말도 하지 않았다.

아랍 사람들은 천천히 걸어오고 있었다. 벌써 거리가 훨씬 가까이 좁혀졌다. 하지만 우리는 걷는 속도를 바꾸지 않았다.

"마송, 싸움이 벌어지면 넌 둘째 녀석을 맡아. 저 녀석은 내가 맡을게. 그리고 뫼르소, 만약 다른 놈이 또 오면 그건 자네가 맡아." 레몽이 말했다.

"응." 내가 대답했다.

마송은 두 손을 주머니에 넣었다. 모래는 지나치게 뜨겁게 달아올라서 거의 붉은색으로 보일 지경이었다. 우리는 일정한 걸음으로 아랍 사람들 쪽으로 걸어갔다.

그들과 우리 사이의 간격은 규칙적으로 줄어들었다. 서로의 간격이 몇 걸음으로 좁혀졌을 때 아랍 사람들이 멈춰 섰다. 마송과 나는 걸음을 늦추었다. 레몽은 바로 자기가 맡은 녀석 앞으로 갔다. 나는 그가 뭐라고 했는지 못 들었지만 아랍 녀석이 머리로 받는 시늉을 했다. 그러자 레몽이 먼저 한 대 때려놓고 곧 마송을 불렀다.

마송은 미리 지목했던 녀석에게로 가서 힘껏 두 번 후려갈겼다. 아랍 녀석은 물속으로 엎어지면서 얼굴을 바닥에 틀어박고 잠시 그대로 있었다. 머리 주위에서 거품이 물 위로 부글거리고 있었다. 그러는 동안에 레몽 쪽에서도 후려쳐서 그 아랍 녀석은 얼굴이 온통 피투성이가 되었다. 레몽이 나를 돌아보며 말했다.

"이 자식 꼴 좀 봐."

"조심해, 그놈 단도를 가졌어!" 내가 소리쳤다.

하지만 레몽은 이미 팔을 찔리고 입을 찢긴 다음이었다. 마송이 후닥닥 내달았지만 또 다른 아랍 녀석도 어느새 일어나서 무기를 가진 녀석 뒤로 붙어 섰다. 우리는 움직이지 못했다. 그들은 우리를 똑바로 노려보면서 단도로 위협하며 천천히 뒷걸음질쳤다. 충분한 거리가 생겼다고 판단하자 그들은 부리나케 달아나버렸다. 우리는 햇볕 아래 못 박힌 듯 우두커니 서서 달아나는 뒷모습을 지켜보고 있었고, 레몽은 피가 흐르는 팔을 움켜쥐고 있었다.

마송은 곧 일요일마다 언덕 별장에 와서 지내는 의사를 생각해 냈다. 레몽은 바로 가자고 했다. 하지만 말을 할 때마다 상처에서 흐르는 피가 입 속에서 거품을 일으켰다. 우리는 그를 부축하여 허둥지둥 별장으로 돌아왔다. 상처는 가벼우니까 의사에게 갈 수 있다고 레몽이 말했다. 마송이 그와 함께 갔고, 나는 남아서 여자들에게 무슨 일이 일어났는지 이야기해 주었다. 마송 부인은 울고 있었고 마리는 파랗게 질려 있었다. 나는 자세히 설명하는 것이 귀찮아서 이야기를 그만 두고 담배를 피우면서 바다를 바라보았다.

한 시 반쯤 레몽이 마송과 함께 돌아왔다. 팔에는 붕대를 감고 입가에는 반창고를 붙이고 있었다. 의사는 대수롭지 않다고 했다지만 레몽은 무척 우울한 얼굴을 하고 있었다. 마송이 웃기려고 애써봤지만 레몽은 여전히 말이 없었다. 그가 일어서기에 나는 그에게 어디로 가느냐고 물었다. 바닷가로 바람을 쐬러 간다고 그가 대답했다. 마송이 함께 가겠다고 일어서자 레몽은 화를 내며 우리에게 욕을 했다. 그의 비위를 거스르지 말아야 한다고 마송이 말했다. 나는 그래도 그의 뒤를 따라갔다.

우리는 오랫동안 해변을 걸었다. 태양은 이제 거의 짓누르는 것 같았다. 햇빛은 모래와 바다 위에 부서지고 있었다. 나는 레몽이 목적지를 알고 있다고 생각했지만 어쩌면 잘못 생각한 것인지도 모른다. 우리는 바닷가 끝까지 갔다. 거기에는 커다란 바위 뒤에서 바다를 향해 모래밭으로 흐르고 있는 조그만 샘이 있었다.

거기서 우리는 그 아랍 사람 둘을 다시 만났다. 그들은 기름기가 밴 푸른 작업복을 입고 누워 있었다. 마음이 거의 가라앉은 듯 아주 느긋한 표정이었다. 우리가 나타났는데도 전혀 표정의 변화가 없었다. 레몽을 찌른 녀석도 아무 말 없이 레몽을 바라보기만 했다.

또 한 녀석은 작은 갈대피리를 불고 있었는데, 곁눈으로 우리를 바라보며 그 악기로 낼 수 있는 세 가지 소리를 끊임없이 되풀이하고 있었다.

한동안 햇볕과 침묵, 그리고 졸졸 흐르는 샘물 소리와 피리의 세 가지 음정만이 존재할 뿐 다른 것은 아무 것도 없는 것 같았다. 이윽고 레몽이 주머니의 권총에 손을 댔지만 상대편은 움직이지 않았고, 둘은 여전히 서로 노려보고 있었다. 나는 피리를 불고 있는 녀석의 발가락들 사이가 몹시 벌어져 있는 것을 보았다.

"해치워버릴까?"

레몽이 상대에게서 눈을 떼지 않고 나에게 물었다. 그러지 말라고 말리면 그는 제 풀에 화가 나서 기어코 쏴버릴 것이라고 나는 생각했다.

"저 녀석은 아직 아무 말도 안 했어. 이대로 쏴버리는 건 비겁해." 내가 말했다.

침묵과 무더운 열기 속에서 여전히 물소리와 피리 소리가 호젓하게 들렸다.

"그럼 저 녀석에게 욕을 해줘야겠군. 뭐라고 대답하면 쏴버리게." 레몽이 말했다.

"녀석이 단도를 뽑지 않으면 못 쏴." 내가 대답했다.

레몽은 슬슬 화를 내기 시작했다. 상대편은 여전히 피리를 불고 있었고, 둘 다 레몽의 움직임을 하나하나 살피고 있었다.

"쏘면 안 돼. 사나이답게 맞상대를 해야지. 권총은 이리 내. 만약에 다른 녀석이 뛰어들든지 저 녀석이 단도를 뽑든지 하면 내가 쏴버릴 테니까."

레몽이 권총을 나에게 건네줄 때 그 위로 햇빛이 번쩍 반사하며 미끄러졌다. 하지만 우리는 마치 모든 것이 우리 주위를 둘러싸고 길을 막고 있기라도 한 것처럼 그대로 움직이지 않고 서있었다.

눈길을 내려뜨지도 않고 서로 마주 노려보고 있는 가운데, 모든 것이 바다와 모래와 태양, 피리 소리와 물소리로 인해 더욱 두드러진 이중의 침묵 가운데 정지해 있었다. 그 순간 나는 권총을 쏠 수도 있고 쏘지 않을 수도 있다고 생각했다. 하지만 갑자기 아랍 사람들이 뒷걸음질치며 바위 뒤로 스며들 듯이 달아나버렸다. 레몽과 나는 갔던 길을 되돌아왔다. 레몽은 기분이 좀 가라앉은 듯, 집으로 돌아갈 버스 이야기를 했다.

나는 그와 별장까지 함께 갔지만 레몽이 나무 층계를 올라가는 동안 첫 계단 앞에 서 있었다. 햇볕 때문에 머릿속이 꽝꽝 울리는데다가, 나무 층계를 올라가야 하고 다시 여자들과 얼굴을 맞댈 일을 생각하니 맥이 풀렸다. 하지만 더위가 어찌나 극심한지 하늘에서 쏟아지는 햇볕의 소나기를 맞으며 우두커니 서 있는 것도 괴로운 일이었다. 그곳에 있건 어디에 있건 결국 마찬가지였다.

잠시 후에 나는 다시 바닷가를 향해 걷기 시작했다. 조금 전이나 지금이나 모든 것이 붉게 이글거리는 것은 마찬가지였다. 모래 위에서 바다는 잔물결에 북받쳐 가쁜 숨결을 헐떡이고 있었다. 나는 천천히 바위 근처로 걸어가고 있었다.

햇볕 때문에 이마가 부풀어 오르는 것 같았다. 더위 자체가 내 위로 쏟아져 내리누르면서 나의 걸음을 막고 있었다. 그리하여 얼굴 위로 엄청나게 무더운 바람이 와 닿을 때마다, 나는 이를 악물고 바지 주머니 속에서 주먹을 부르쥐고 태양과 태양이 쏟아 붓는 짙은 취기를 견디어 이기려고 전력을 다하여 몸을 버티는 것이었다. 모래나 흰 조개껍질이나 유리조각에서 빛이 칼날처럼 반짝거릴 때마다 턱이 움찔했다. 나는 오랫동안 걸었다.

햇볕과 바다의 먼지 같은 수분으로 눈부신 후광에 둘러싸인 거무스름한 바위 덩어리가 조그맣게 멀리 보였다. 나는 바위 뒤의 서늘한 샘을 생각했다. 나는 그 샘물의 속삭임을 다시 듣고 싶었고, 태양과 더위와 싸우는 노력과 여자의 울음소리를 피하고 싶었으며 그리고 그늘과 휴식을 그곳에서 찾고 싶은 마음이 간절했다. 하지만 조금 더 가까이 갔을 때, 나는 레몽과 상대했던 녀석이 다시 돌아와 있는 것을 보았다.

그는 혼자였다. 두 손을 목 밑에 괴고, 얼굴만 바위 그늘 속에 넣고 전신에 햇볕을 받으며 번듯이 드러누워 있었다. 푸른 작업복이 더위 속에서 김을 내고 있었다. 나는 조금 당황했다. 나로서는 그 사건은 이미 끝난 것으로 믿고 있었기 때문에 그 일은 생각지도 않고 그리로 갔던 것이었다.

그는 나를 보자 몸을 조금 쳐들고 주머니에 손을 넣었다. 물론 나도 웃옷 속에 들어 있던 레몽의 권총을 그러쥐었다. 그는 다시 몸을 젖혀 누워버렸지만 주머니에서 손을 빼지는 않았다. 나는 그에게서 꽤 멀리, 한 십여 미터쯤 떨어져 있었다. 절반쯤 감은 그의 눈꺼풀 사이로 이따금 그의 시선이 새어 나오는 것을 짐작할 수 있었다. 하지만 대개는 그의 모습이 불타는 듯한 대기 속에서 어른거리고 있었다.

파도 소리는 정오 때보다도 더욱 나른해졌고 가라앉아 있었지만 그때나 지금이나 다름없는 모래 위로 똑같은 태양이 그대로 연장되어 있었다. 벌써 두 시간 전부터 한낮은 걸음을 멈추고 끓어오르는 금속 같은 바닷물 속에 닻을 던지고 있었던 것이다. 수평선 위로 조그만 증기선이 지나갔다. 내가 그것을 한쪽 눈 끝으로 검은 얼룩처럼 느낀 것은 아랍 사람으로부터 눈을 떼지 않고 있었기 때문이었다.

내가 돌아서기만 하면 아무 문제없이 끝날 일이었다. 하지만 뙤약볕에 진동하는 해변 전체가 내 등 뒤에서 압박하고 있었다. 나는 샘 쪽으로 몇 걸음 더 다가섰다. 아랍 사람은 움직이지 않았다. 아직은 서로 꽤 멀리 떨어져 있었던 것이다. 얼굴 위에 덮인 그늘 탓인지 그는 웃고 있는 것처럼 보였다.

나는 기다렸다.

뜨거운 햇볕 때문에 뺨이 타는 듯했고 땀방울이 눈썹에 맺히는 것이 느껴졌다.

그것은 엄마의 장례식을 치르던 그날과 똑같은 태양이었다. 그날처럼 머리가 아팠고, 그날처럼 이마의 모든 핏대가 한꺼번에 피부 밑에서 지끈거렸다.

나는 그것이 어리석은 짓이라는 것을 알고 있었다. 한 걸음 옮겨봤자 이 뜨거운 태양을 벗어날 수 없다는 것도 알고 있었다. 그런데도 나는 한 걸음, 단 한 걸음 더 앞으로 나섰던 것이다.

그러자 아랍 사람이 몸을 일으키지는 않고 누운 채로 단도를 뽑아서 태양빛에 비추며 나에게 겨누었다. 강철 위에서 반사된 빛이 번쩍이는 길쭉한 칼날이 되어 나의 이마를 쑤시는 것 같았다.

눈썹에 맺혔던 땀방울이 한꺼번에 눈꺼풀 위로 흘러내렸다. 그것은 미지근하고 두꺼운 막이 되어 눈두덩을 덮었다. 이 눈물과 소금의 장막 때문에 나는 눈을 뜰 수가 없었다. 이마 위로 태양의 심벌즈 소리가 요란하게 울렸다. 단도에서 여전히 나를 향해 뻗친 눈부신 빛의 칼날이 뜨겁게 내 속눈썹을 쑤시고 아픈 두 눈을 후벼 파고 있었다.

모든 것이 기우뚱한 것은 바로 그때였다.

바다에서는 무겁고 뜨거운 바람이 불고 있었고 활짝 열린 하늘에서는 불이 비처럼 쏟아지고 있었다.

나는 바짝 긴장해서 권총을 힘껏 잡아당겨 쥐었다.

방아쇠가 당겨졌다.

나는 권총 자루의 매끈한 배를 만졌다. 그렇게 짧고 요란한 소리와 함께 모든 것이 시작되었던 것이다.

나는 땀과 태양을 떨쳐버렸다.

나는 한낮의 균형을 깨뜨리고, 내 행복한 바닷가의 예외적인 침묵을 깨뜨려버렸다는 것을 깨달았다.

나는 이미 굳어버린 몸뚱이에 다시 네 방을 쏘았다. 총탄은 깊이, 보이지도 않게 들어박혔다.

그것은 마치 불행의 문을 두드린 네 번의 짧은 노크와도 같은 것이었다.

제2부

1

체포되자마자 나는 여러 번 심문을 받았다. 하지만 그것은 그저 신원 확인을 위한 것이었기 때문에 오래 계속되지는 않았다. 처음 경찰에서는 내 사건에 조금도 흥미를 느끼지 않는 것 같았다.

그런데 일주일 뒤에 만난 예심 판사는 정반대였다. 그는 호기심 가득한 눈길로 나를 보았다 하지만 처음에는 내 이름과 주소, 직업, 생년월일과 출생지만 물었다. 그리고 그는 나에게 변호사를 세웠는지 물었다.

나는 그러지 않았다고 대답하고 변호사를 꼭 세워야만 되는지 되물었다.

"왜 그러시죠?" 그가 물었다.

내 사건은 아주 간단한 것으로 생각한다고 나는 대답했다. 그는 웃으면서 이렇게 말했다.

"그것도 하나의 의견이긴 하죠. 하지만 법률이라는 게

있어서 당신이 변호사를 세우지 않으면 우리가 관선변호사를 지정하게 됩니다."

사법부가 그런 자질구레한 일을 맡아주는 것은 참 편리하다고 나는 생각했다. 내가 판사에게 그런 말을 하니까 그는 자기도 그렇게 생각한다고 동의하고, 법률은 참으로 잘 되어 있는 것이라고 결론을 내렸다.

처음에 나는 그를 진지하게 대하지 않았다. 그는 사방을 장막으로 가린 방에서 나를 맞았다. 그의 책상 위에 놓인 등불이 내가 앉은 안락의자를 비추고 있었고, 그는 어둠 속에 앉아 있었다. 책에서 이런 장면 묘사를 읽었던 기억이 났다. 모두가 장난 같았다.

하지만 이야기가 끝난 뒤에 살펴보니, 그는 깊숙한 푸른 눈을 가진 깔끔한 얼굴에 키가 크고 회색 수염을 길게 길렀으며 수북한 머리카락이 거의 백발에 가까운 남자였다. 그는 분별력이 있어 보였고, 입술을 쫑긋거리는 신경질적인 버릇이 있기는 해도 그럭저럭 호감이 느껴지는 사람이었다. 방을 나서면서 나는 하마터면 그에게 손을 내밀기까지 할 뻔했다. 하지만 때마침 나는 내가 사람을 죽였다는 사실을 기억해 냈다.

이튿날 변호사라는 사람이 교도소로 나를 만나러 왔

다. 키가 작고 통통한 그 남자는 머리를 정성스럽게 빗어 올려붙이고 있었는데 나이가 꽤 젊을 것 같았다. 날씨가 무척 더운데도 (나는 셔츠 바람이었다) 검은 양복 차림이었고, 빳빳한 칼라에 검정과 흰색의 굵은 줄무늬가 있는 이상한 넥타이를 매고 있었다.

그는 겨드랑이에 끼고 들어온 가방을 내 침대 위에 내려놓고 자기소개를 했다. 그는 내 서류를 검토해보았다면서, 이 사건은 어렵긴 하지만 내가 자기를 믿어준다면 재판에 이길 것을 의심치 않는다고 말했다.

나는 그냥 고맙다고만 인사했다.

"문제의 요점으로 들어갑시다." 그가 말했다.

그는 침대 위에 앉았다. 그리고 내 사생활에 대해 여러 가지로 정보를 수집했다고 말했다. 그는 어머니가 최근에 양로원에서 사망한 사실도 알고 있었다. 그래서 마랭고로 조사원들을 보냈는데 엄마의 장례식 날 내가 '냉정한 태도를 보였다'는 사실을 보고 받았다고 했다.

"사실 이런 질문이 당신에겐 무척 거북한 일이겠지만, 이건 매우 중요합니다. 그리고 만약에 내가 그 문제에 대해 적절한 답변을 찾아내지 못한다면 이것은 검사 측에게 중대한 논거가 될 것입니다." 변호사가 말했다.

그는 나에게 적극적으로 협력해 달라고 말했다.

만약에 내가 그런 질문을 해야만 될 입장이었다면 나는 무척 거북했을 것이라는 생각이 들었다. 하지만 나는 자문해보는 습관을 잃어버린 지 한참 돼서 그 일을 정확하게 설명할 수 없다고 대답했다.

물론 나는 엄마를 사랑했지만 그런 것은 아무 의미도 없는 거다. 건전한 사람은 누구나 한두 번쯤은 사랑하는 사람의 죽음을 바랐던 경험이 있는 법이다 라고.

그러자 변호사는 잔뜩 흥분한 표정으로 내 말을 가로막으며, 그런 말은 법정에서나 예심판사의 방에서는 절대로 하지 않겠다고 약속하라며 나를 다그쳤다.

하지만 나는 원래 육체적 욕구가 감정보다 우선하는 성향이 있다고 그에게 설명해주었다. 엄마의 장례식이 있던 날, 나는 너무나 피곤했고 졸렸다. 그래서 그날 무슨 일이 어떻게 돌아가는지 잘 알 수가 없었다. 내가 확실히 말할 수 있는 것은 엄마가 죽지 않았으면 좋았을 것이라는 사실뿐이다.

하지만 변호사는 성이 차지 않는 눈치였다.

"그것으로는 충분하지 못합니다." 그가 말했다.

그는 조금 생각하다가 그날 내가 자연스러운 감정을 억제했다고 말할 수 있느냐고 물었다.

"아뇨. 그렇진 않아요." 나는 대답했다.

그는 아주 밉살스럽다는 듯이 나를 바라보았다.

"어쨌든 양로원 원장과 사무원들이 증인으로 나와서 심문을 받을 텐데 그러면 결과적으로 당신에게 무척 불리할 수도 있습니다." 그가 쌀쌀맞게 말했다.

그 일은 내 사건과 아무 관계도 없다고 내가 지적했지만 그는 다만, 내가 재판을 해 본 경험이 전혀 없다는 것이 뻔히 보인다고만 대답했다.

그는 잔뜩 화 난 얼굴로 나가버렸다.

나는 그를 붙잡고 내가 그에게 잘 보이고 싶어 한다는 것을 알려주고 싶었다. 그리고 그것은 나를 잘 변호해주기를 바라서가 아니라 말하자면 저절로 그렇게 하고 싶은 생각이 들어서라는 것을 설명하고 싶었다.

무엇보다도 내가 그를 불편하게 만들고 있다는 것을 알 수 있었기 때문이다. 그는 나를 이해하지 못하고 오히려 원망하고 있었다. 나는 내가 다른 사람들과 다를 게 없다는 것, 조금도 다를 게 없다는 것을 그에게 강조하고 싶었다.

하지만 그런 것도 다 결국 아무 소용없는 일이라 싫고 또 귀찮기도 해서 나는 그냥 단념하고 말았다.

얼마 뒤에 나는 다시 예심판사 앞으로 불려 갔다. 오후 2시였다. 이번에는 그의 사무실 전체가 얇은 커튼을 뚫고 새어드는 빛으로 가득 차 있었다. 무척 더운 날이었다. 그는 나를 자리에 앉힌 다음 무척 정중한 말투로 내 변호사가 '뜻밖의 일로' 오지 못했다고 말해주었다. 그리고 나에게는 그의 심문에 대답하지 않고 변호사의 도움을 받을 때까지 기다릴 권리가 있다고 덧붙였다.

나는 혼자 대답할 수 있다고 말했다.

그는 책상 위의 벨을 눌렀다. 젊은 서기가 들어오더니 바로 내 등 뒤에 자리 잡고 앉았다.

우리는 둘 다 안락의자에 깊숙이 앉았다. 심문이 시작되었다.

판사는 먼저, 사람들은 내가 말이 적고 내성적인 성격이라고 말하는데 어떻게 생각하느냐고 물었다.

"별로 할 말이 없으니까요. 그래서 말을 안 합니다." 나는 대답했다.

그는 첫 심문 때처럼 빙그레 웃으면서 그건 참 지당한 이유라고 말했다.

"하기야 그런 건 대수롭지 않은 일입니다."

그는 그렇게 말하고 나서 나를 바라보더니 갑자기 어깨를 으쓱했다.

"내가 알고 싶은 것은 당신입니다."

그는 빠른 말투로 말했다.

나는 그게 무슨 뜻인지 잘 알 수 없었기 때문에 아무 대답도 하지 않았다.

"당신의 행동에는 좀 이해하기 어려운 점들이 있어요. 그것을 이해할 수 있도록 당신이 도와줄 거라고 믿습니다." 그가 말했다.

나는 모두 지극히 간단한 일일뿐이라고 대답했다.

그날 있었던 일을 모두 말해보라고 판사가 재촉했다.

나는 그에게 이미 한 번 이야기한 것을 다시 요약해서 되풀이했다. 레몽, 바닷가, 해수욕, 싸움, 다시 바닷가, 조그만 샘, 태양 그리고 다섯 방의 총알.

한 마디 할 때마다 그는 "네, 네." 하고 대꾸했다. 쓰러진 시체 이야기에 이르자 그는 "좋아요." 하면서 내 말을 확인했다. 나는 그렇게 계속 같은 이야기를 되풀이하는 것에 지쳤고, 그렇게 말을 많이 해본 적은 이제껏 한 번도 없었던 것처럼 생각되었다.

얼마 동안 아무 말이 없다가 그는 일어서더니 나를 도와주고 싶다고 말했다. 그는 내가 퍽 재미있는 사람이라면서 하느님의 도움을 얻어 나를 위해 뭔가 해줄 수 있는 일이 있을 것이라고 말했다.

그는 나에게 몇 가지 더 질문했다. 그러더니 불쑥 어머니를 사랑했느냐고 물었다.

"네, 다른 사람들이나 마찬가지로 사랑했습니다."

나는 대답했다.

그러자 그때까지 규칙적으로 타이프를 치고 있던 서기가 키를 잘못 눌렀는지, 당황스러워 하면서 다시 뒤로 물려 고치느라 잠깐 수선을 피웠다.

여전히 도무지 논리라곤 없이 불쑥 판사는 다섯 방을 연달아서 쏘았느냐고 물었다.

나는 잠깐 생각하고 나서, 처음에 한 방을 쏘고 몇 초 후에 다시 네 방을 쏘았다고 설명했다.

"첫 방과 둘째 방 사이에 왜 기다렸습니까?"

그가 물었다.

다시 한 번 붉은 바닷가가 눈에 선하게 떠오르면서 나는 그 뜨겁던 햇볕을 이마 위에 느꼈다.

나는 아무 대답도 하지 않았다.

침묵이 이어지는 동안 판사는 좀 흥분한 것 같았다. 그는 의자에 걸터앉아 머리털을 손으로 헝클면서 책상 위에 팔꿈치를 괸 다음, 야릇한 표정으로 나를 향해 몸을 약간 굽혔다.

"왜? 왜 땅에 쓰러진 시체에 총을 쏘았냐구요?"

나는 여전히 대답할 수가 없었다.

"왜 그랬습니까? 그걸 말해야 합니다. 왜요?"

판사는 두 손으로 이마를 짚고 약간 변한 목소리로 물었다.

나는 여전히 아무 말도 하지 않았다.

갑자기 그는 일어서서 사무실 한 끝으로 성큼성큼 걸어가더니 서류함의 서랍을 열고 그 속에서 은 십자가를 꺼내 휘두르며 나에게로 돌아왔다. 그리고 여느 때와는 아주 다른, 거의 떨리는 목소리로 그가 외쳤다.

"당신은 이것을, 이 사람을 압니까?"

"물론 압니다." 나는 대답했다.

그는 흥분해서 빠른 말투로 '나는 하느님을 믿는다, 하느님이 용서하지 않을 만큼 죄가 많은 사람은 세상에 하나도 없다, 하지만 용서를 받으려는 사람은 뉘우치는 마음으로 어린아이처럼 정신을 깨끗이 비우고 모든 것을 받아들일 준비를 하지 않으면 안 되다는 것이 나의 신념이다'라는 내용의 말을 했다.

그는 온몸을 책상 너머로 기울여 십자가를 거의 내 머리 위에서 휘두르고 있었다.

솔직히 나는 그의 이론을 따라가기가 무척 어려웠다. 우선 날이 너무 더웠고, 사무실 안에 큼직한 파리들이 날아다니면서 수시로 얼굴에 달라붙었다. 그리고 그의 태도가 좀 겁나면서도 우습기도 했다. 왜냐하면 결국 죄를 지은 사람은 나였기 때문이다.

하지만 그는 말을 계속했다. 내가 대충 알아듣기로 요점은 하나였다. 나의 고백 가운데 오직 한 가지 사실이 모호하다는 것 말이다. 둘째 방을 쏘기 전에 왜 기다렸는지 판사 입장에서는 도무지 이해되지 않는 일이었고 알아야 할 일이라는 것이었다. 그 밖의 다른 것은 다 아무 문제없다고 그는 말했다.

그가 고집을 부리는 것은 잘못이라고, 그 마지막 문제는 그다지 중요하지 않다고 나는 그에게 말해 줄까 하고 잠깐 생각했다.

하지만 그는 나의 말을 가로막고 다시 한 번 온몸을 일으켜 훈계하면서 나에게 하느님을 믿느냐고 물었다.

나는 아니라고 대답했다.

그는 분개한 표정으로 자리에 앉아버렸다. 그는 그럴 수는 없다면서 누구나, 비록 하느님을 외면하는 사람일지라도, 속으로는 하느님을 믿는 법이라고 말했다. 그것이 자기의 신념이고, 만약 그것을 조금이라도 의심해야 한다면 자기의 삶은 무의미해지고 말리라는 것이었다.

"내 삶이 무의미해지기를 바랍니까?" 그가 외쳤다.

내 생각으로는 그것은 나와는 아무 상관도 없는 일이었다. 나는 그에게도 그렇게 말했다. 그러자 그는 다시 책상 너머로 그리스도의 십자가상을 내 눈앞에 들이밀면서 미친 듯이 소리를 질렀다.

"나는 기독교 신자야. 나는 이분께 자네 죄의 용서를 구하고 있어. 그런데도 어째서 자넨 그리스도가 자넬 위해서 고통 받으셨다는 것을 믿지 않는단 말인가?"

그가 나에게 반말을 쓰는 것을 알아차렸지만 이제는 진저리가 나서 그러든 말든 그냥 두었다.

더위는 점점 더 심해졌다. 더 이상 이야기를 듣고 싶지 않은 사람에게서 벗어나고 싶을 때 늘 하던 것처럼 나는 그의 말을 수긍하는 척했다. 그랬더니 놀랍게도 그는 의기양양하게 말했다.

"그것 봐, 이제 자네도 믿지? 이제 하느님께 마음을 바치겠지?"

물론 나는 다시 한 번 아니라고 대답했다. 그러자 그는 다시 안락의자에 주저앉고 말았다.

그는 매우 피곤한지 잠시 아무 말도 하지 않았다. 하지만 그러는 동안에도 대화를 뒤쫓아 멈추지 않고 있던 타이프라이터는 마지막 이야기를 계속 치고 있었다.

이윽고 그가 고개를 들고 약간 슬픈 표정으로 나를 물끄러미 바라보며 중얼거렸다.

"당신처럼 고집 센 사람은 처음 봐요. 내 앞으로 온 죄인들은 이 고뇌의 형상을 보고는 모두 울었어요."

그야 그들이 죄인이었으니까 그랬을 거라고 대답하려다가 문득 나도 그들과 같은 사람이라는 것을 생각했다. 하지만 그것은 나에게 도무지 실감나지 않는 생각이었다. 그때 판사가 일어섰다. 심문이 끝났다는 의미라고 나는 생각했다.

그는 여전히 좀 지친 표정으로 내가 한 행동을 후회하느냐고 물었다.

나는 잠깐 생각하고 나서, 후회라기보다는 차라리 일종의 귀찮음을 느낀다고 대답했다. 나는 그가 그 말을 전혀 이해하지 못했다는 인상을 받았다. 아무튼 그날 이야기는 그것으로 그치고 더 나아가지 못했다.

그 뒤로 나는 여러 번 예심판사를 만났다. 하지만 만날 때마다 변호사와 함께였다.

이야기는 늘 내가 먼젓번에 진술한 내용의 어떤 부분을 좀 더 자세히 말하게 하는 것이었고, 아니면 판사와 변호사가 국고 부담에 관한 이야기를 하는 정도였다. 그리고 그럴 때마다 그들은 나를 조금도 돌보지 않았다. 어쨌든 심문의 방식은 조금씩 달라졌다.

판사는 이미 나에게 관심이 없는 것 같았다. 아마 그 나름대로 내 사건의 성격을 이미 규정지어버린 모양이었다. 그는 두 번 다시 나에게 하느님 이야기를 하지 않았으며, 첫날처럼 흥분한 모습을 보이지도 않았다.

덕분에 우리의 대화는 점점 화기애애해졌다. 나에게 몇 가지 질문을 하고, 내 변호사와 몇 마디 이야기를 나누고 나면 그날 심문은 그것으로 끝나는 것이었다.

나의 사건은, 판사의 표현에 의하면 '착착 진행되고' 있었다. 대화가 일반적인 성질을 띨 때에는 나도 한몫 끼기도 했는데, 그러면 나도 좀 숨을 쉴 수 있을 것 같았고, 그런 때에는 아무도 나에게 악의를 보이지 않았다.

모든 것이 자연스럽고 규모 있고 수수하게 느껴져서, 심지어 나는 가족들과 함께 있는 것 같은 어처구니없는 인상을 받는 것이었다.

그런 식으로 11개월 동안이나 계속된 예심을 치르고 나서 나는, 이따금 판사가 방문까지 나를 배웅하고 어깨를 두드리며, "오늘은 끝났습니다, 반기독교인 양반." 하고 다정하게 말해주던 그 흔하지 않은 순간을 무엇보다도 즐겼다는 사실에 스스로 놀랐다고 말할 수 있다.

그렇게 판사의 방문을 나서면 나는 다시 경찰의 손에 맡겨지는 것이었다.

2

절대로 말하고 싶지 않았던 일들도 있다. 교도소에 들어와서 며칠이 지나자, 나는 장차 내 평생 동안 그 시기에 대해서는 절대로 말하고 싶지 않게 될 것을 깨달았다. 하지만 얼마쯤 지나자 그러한 혐오의 감정은 더 이상 대수롭지 않은 것으로 여겨지게 되었다.

사실 처음에는 내가 교도소에 잡혀 와 있다는 사실이 도무지 실감나지 않았다. 나는 막연히 뭔가 새로운 일이 일어나기를 기다리고 있었다.

모든 것이 시작된 것은 마리의 처음이자 마지막 방문을 받은 다음부터였다.

처음 그녀의 편지를 받은 (마리는 자기가 내 아내가 아니기 때문에 면회가 허락되지 않는다고 편지에 썼다) 그날부터, 나는 교도소가 내 집이고 내 생활은 그 속에 한정되어 있다는 것을 느끼게 되었다.

체포되던 날 나는 이미 수감자들이 여럿 들어있는 방에 갇히게 되었는데 대부분이 아랍 사람들이었다. 그들은 나를 보고 웃으면서 무슨 짓을 하고 들어왔느냐고 물었다. 아랍 사람을 한 명 죽였다고 대답하자 그들은 잠잠해졌다. 하지만 잠시 후 저녁이 되자 그들은 잘 때 돗자리를 어떻게 펴는지 설명해주었다. 돗자리 한 끝을 말아서 베개로 사용할 수 있는 방식이었다. 밤새도록 빈대가 얼굴 위를 기어 다녔다.

며칠 뒤에 나는 독방으로 격리되어 판자 위에서 자게 되었다. 한쪽에 변기와 양철 대야가 있었다. 교도소는 시가 꼭대기에 있었기 때문에 조그만 창문으로나마 바다를 내다볼 수 있었다. 어느 날 창문 철창에 달라붙어 햇빛에 얼굴을 내밀고 있는데 간수가 들어와서 누가 면회 왔다고 말했다. 마리구나 생각했다. 과연 마리였다.

나는 간수를 따라 기다란 복도를 거쳐서 층계를 지나 또 다른 복도를 걸어갔다. 면회실은 크고 넓은 창으로 빛이 들어오는 아주 커다란 방이었다. 커다란 두 개의 철책이 길이로 칸을 질러 방을 셋으로 나누고 있었고, 두 철책 사이에는 8미터에서 10미터 정도 되는 공간이 있어서, 면회인과 죄수를 갈라놓고 있었다.

햇볕에 그을린 얼굴에 줄무늬 옷을 입고 있는 마리가 내 앞에 있었다. 내가 서 있는 쪽에는 수감자들이 여남은 명 있었는데 대부분이 아랍 사람들이었다.

마리는 모르 사람들에게 둘러싸여 면회 온 두 여자 사이에 끼어 있었다. 하나는 검은 옷을 입은 작은 노파였는데 입을 꼭 다물고 있었고, 또 하나는 머리에 아무것도 쓰지 않은 뚱뚱한 여자였는데 손짓 몸짓을 해가며 목청껏 떠들고 있었다. 철책 사이의 거리 때문에 면회 온 사람이나 죄수나 아주 큰 목소리로 말해야만 했다.

내가 방에 들어섰을 때, 그 방의 크고 텅 빈 담벼락에 반사되어 울리는 소란한 목소리와 유리창 위로 쏟아져 들어오는 거센 햇빛 때문에 나는 한동안 좀 얼떨떨했다. 나의 감방은 아주 조용하고 어두웠던 것이다. 그래서 그곳에 익숙해지는데 시간이 조금 걸렸다.

하지만 마침내 나는 밝은 빛에 드러난 얼굴들을 똑똑히 볼 수 있게 되었다. 간수 하나가 철책 사이의 복도 끝에 앉아 있었다. 대부분의 아랍 죄수들과 그 가족들은 서로 마주 보면서 웅크리고 앉아 있었다. 그들은 소리를 지르지 않았다. 그처럼 소란스러운 속에서도 그들은 나직한 말로 의사소통을 하는 것이었다.

아래로부터 올라오는 그들의 희미한 속삭임은 그들의 머리 위에서 오고가는 말소리에 대해 줄곧 일종의 저음부를 이루고 있었다. 그러한 모든 것을 나는 마리에게 다가가는 동안 단번에 알아챘다.

벌써부터 철책에 달라붙어서 마리는 있는 힘을 다해 나에게 웃어 보이고 있었다. 나는 그녀가 매우 아름답다고 생각했지만 그녀에게 말하지는 못했다.

"어때요?" 마리가 아주 큰소리로 말했다.

"그냥 괜찮아."

"힘들죠? 뭐 필요한 거 있어요?"

"아무것도 없어."

우리의 말은 이내 끊어졌다. 하지만 마리는 여전히 웃고 있었다.

뚱뚱한 여자는 내 옆의 남자를 향하여 울부짖고 있었다. 아마 그녀의 남편일 거라고 짐작되는 그 남자는 솔직한 눈매에 키가 큼직하고 금발이었다. 그들은 무슨 말인지 이미 시작된 대화를 계속하고 있었다.

"잔은 그 녀석을 붙잡으려고 하지 않아요."

여자가 소리소리 지르며 말했다.

"그래?" 사내가 대답했다.

"당신이 나오면 그 녀석을 꼭 붙잡을 거라고 했는데도 붙잡을 생각을 안 해요."

그때 레몽이 내게 안부를 전하더라고 마리가 소리를 질러서 나는 '고맙다'고 대답했다. 하지만 내 목소리는, '그 녀석은 잘 있느냐'고 묻는 나의 옆 사내의 목소리에 묻혀버리고 말았다.

"몸이 아주 좋아졌어요." 그의 아내가 외치며 웃었다.

내 왼쪽에 있는, 손이 가냘프고 키 작은 청년은 아무 말이 없었다. 그는 작은 노파와 서로 뚫어지게 마주보고 있었다. 하지만 나는 그들을 더 관찰할 여유가 없었다. 희망을 가져야 한다고 마리가 외쳤기 때문이다.

"그래." 나는 대답했다.

나는 마리를 바라보았다. 입은 옷 위로 그녀의 어깨를 안고 싶었다. 나는 그 얇은 천에 욕망을 느꼈다. 그리고 그 천 말고 다른 무엇에 희망을 가져야 할지 알 수가 없었다. 마리가 한 말도 아마 그런 뜻이었을 것이다. 아까부터 마리는 줄곧 미소를 짓고 있었으니까. 이제는 그녀의 반짝이는 치아와 눈가의 잔주름밖에 보이지 않았다.

"당신은 곧 나오게 될 거예요. 그럼 우리 결혼해요."

마리가 다시 외쳤다.

"그래." 나는 대답했다.

하지만 그것은 그저 무슨 대답이든 해야 했기 때문에 한 말일 뿐이었다.

"정말로! 석방되면 또 해수욕을 하러 가요!"

마리는 아주 빨리, 그리고 여전히 높은 목소리로 외쳤다. 하지만 곁에 있던 여자도 질세라 고함을 질러댔다. 서기과에 바구니를 맡겼다면서 그 속에 넣은 것을 하나하나 주워섬겼다. 돈이 많이 들었으니 혹시 없어진 것이 있는지 꼭 확인해 보라는 것이었다.

내 왼쪽의 청년과 그의 어머니는 여전히 서로 마주보고 있었다. 아랍 사람들의 웅얼거리는 소리는 우리들의 무릎 밑에서 계속되고 있었다.

하늘에서 쏟아진 햇빛이 창문에 부딪쳐 들어오지 못하고 창밖에서 부풀어 오르는 것 같았다.

나는 좀 불편해졌다. 시끄러운 소리 때문에 기분도 언짢았고, 빨리 밖으로 나가고 싶었다. 하지만 한편으로는 마리를 좀 더 보고 싶었다. 시간이 얼마나 지났을까? 마리는 자기 일 이야기를 하며 끊임없이 웃고 있었다.

속살거리는 소리, 외치는 소리, 주고받는 이야기 소리가 정신없이 마주치고 엇갈리는 속에서 서로 마주 바라보고 있는 내 옆의 청년과 노파, 두 사람만이 침묵의 섬을 이루고 있었다.

아랍 사람들이 하나씩 차례로 끌려 나갔다. 맨 처음 사람이 끌려 나가는 순간, 거의 모든 사람이 동시에 말을 뚝 그쳤다. 키 작은 노파가 철책 창살로 다가서는 것과 동시에 간수가 그의 아들에게 눈짓을 했다.

"잘 가, 엄마."

아들이 말하자 노파는 창살 사이로 손을 들이밀고 한참 동안 아들을 향해 천천히 조그맣게 손짓했다.

노파가 나가자 어느새 모자를 손에 든 남자가 들어와서 그 자리를 차지했고, 죄수 한 사람이 끌려 들어왔다. 그들은 활기 있게 이야기를 시작했는데 목소리는 낮았다. 방안이 다시 조용해졌기 때문이다.

내 오른쪽에 있는 사내가 끌려 나갈 차례가 되자 그의 아내는 마치 소리를 지를 필요가 없어진 것을 알아차리지 못한 것처럼 여전히 큰 목소리로 외쳤다.

"몸조심하고 잘 지내요."

내 차례가 되었다. 마리는 손으로 키스를 보냈다. 나는 방을 나서기 전에 그녀를 돌아보았다. 마리는 여전히 얼굴을 창살에 대고 초조하고 불안하고 굳어진 듯한 미소를 지으며 우두커니 서 있었다.

마리가 편지를 보낸 것은 그로부터 얼마 지나지 않아서였다. 그리고 내가 절대로 말하고 싶지 않았던 일이 시작된 것도 바로 그때부터였다.

어쨌든 무슨 일이든 과장은 하지 말아야 하는 법인데, 그것은 나에게는 비교적 쉬운 일이다.

처음 교도소에 수감되고 나서 가장 괴로웠던 일은, 내가 자유로운 사람처럼 생각하는 것이었다. 예를 들면 바닷가로 가서 물속으로 뛰어들고 싶은 욕망이 솟는 따위 말이다. 발밑의 풀에 부딪치는 첫 물결 소리, 물속에 몸을 담글 때의 촉감, 거기서 느끼는 해방감, 그런 것들을 상상할 때마다 나는 감옥의 벽이 얼마나 답답한 것인지 뼈저리게 느끼는 것이었다.

하지만 그것도 몇 달이 지나자 사라졌다. 그 다음부터는 죄수다운 생각밖에 나지 않았다. 안뜰에서 하는 산책 시간이나 변호사의 방문을 기다리는 것이 고작이었고, 나머지 시간은 그럭저럭 잘 보낼 수 있었다.

그 당시 나는, 만약 마른 나무 둥치 속에 들어가 살게 되어 머리 위 하늘에 피는 꽃을 바라보는 것밖에 다른 일이라곤 아무것도 없게 된다고 하더라도 차츰 그런 생활에 익숙하게 될 것이라고 생각했다. 그러면 여기서 변호사의 야릇한 넥타이가 나타나기를 기다리는 것처럼, 저 바깥세상에서 마리의 몸을 껴안을 것을 기다리며 토요일까지 참고 지낸 것처럼 아마 나는 지나가는 새들이나 마주치는 구름들을 기다렸을 것이다.

그런데 가만히 생각해보니, 나는 마른 나무 둥치 속에 들어 있는 것은 아니었고, 나보다 더 불행한 사람들도 얼마든지 있을 것이었다. 사실 이건 엄마의 생각이었는데, 사람은 무엇에나 결국은 익숙해지는 것이라고 엄마는 늘 말했었다. 물론 그때 내가 그렇게 멀리까지 생각했던 것은 아니었다.

처음 몇 달 동안은 무척 괴로웠다. 하지만 그때 치러야 했던 수고가 그 몇 달 동안을 지내는 데 도움이 된 것이다. 가령 여자에 대한 정욕이 나에게는 큰 고통거리였다. 나는 젊으니까 그것은 물론 당연한 일이었다. 특별히 마리만을 바라는 것도 아니었다. 나는 세상의 모든 여자, 알고 지냈던 모든 여자, 그저 어떤 여자들을 생각했다. 그들과의 사랑을 어찌나 골똘히 생각했는지 나의 감방은 한동안 그 여자들의 얼굴로 가득 차고 내 정욕으로 넘쳐났다.

그것은 고통이면서도 어떤 면에서는 내 긴 시간을 보낼 수 있게 해주는 것이기도 했다.

어느덧 나는 식사시간마다 주방 보이와 같이 오는 간수장과 조금 친해졌다. 여자 이야기를 먼저 꺼낸 것은 그였다. 다른 사람들도 첫 번째로 호소하는 것이 바로 그 문제라고 그가 말했다.

나는 그에게, 나도 다른 사람들과 마찬가지이며 그런 대우는 부당하다고 말했다.

"하지만 당신들을 감옥에 가두는 건 바로 그런 이유 때문 아니요?" 그가 말했다.

"그것 때문이라고요?"

"당연하지, 자유라는 게 바로 그런 거잖소. 당신들에게서 그 자유를 빼앗는 거지."

나는 그런 생각은 한 번도 해 본 적이 없었다.

"그렇군요. 하긴 그렇지 않다면 벌이라고 할 수도 없겠네요." 나는 그의 말에 동의했다.

"당신은 이해심이 많군요. 다른 사람들은 절대로 그렇지 못해요. 하지만 결국 그들도 스스로 욕구를 조절하게 된답니다."

그러고 나서 간수는 가버렸다.

또 담배도 고통거리였다. 교도소로 들어올 때 나는 허리띠, 구두끈, 넥타이, 그리고 주머니에 들어 있던 모든 것, 특히 담배를 빼앗겼다. 일단 감방으로 들어온 다음에 담배를 돌려달라고 청해 보았지만 금지되어 있다는 대답뿐이었다.

처음 며칠 동안은 정말 괴로웠다. 내게 가장 고통을 준 것은 아마 이것이었을 것이다. 심지어 나는 침대 판자에서 뜯어낸 나뭇조각을 빨기까지 했다. 하루 종일 끊임없이 구역질이 났다. 아무에게도 해가 되지 않는 담배를 도대체 왜 피우지 못하게 하는지 이해할 수가 없었다. 나중에야 나는 그것도 징벌의 일부라는 것을 깨달았다. 하지만 그때는 이미 담배를 피우지 않는 일에 익숙해져서 더 이상 나에게는 징벌이 될 수 없었다.

그런 것 말고는 나는 그다지 불행하다고 느끼지 않았다. 문제가 있다면 단지 시간을 보내는 것이었지만 과거를 추억하는 것을 배운 다음부터는 심심해서 괴로워 죽을 일도 없게 되었다. 가끔 나는 내 방을 생각했다. 머릿속으로 방의 한구석에서 출발해 방을 한 바퀴 돌아서 다시 출발점으로 되돌아오는 것인데, 그러면서 방에 있는 것을 모두 마음속으로 하나하나 따져보곤 했다.

처음에는 아주 빨리 끝나버렸다. 하지만 다시 되풀이할 때마다 조금씩 길어졌다. 왜냐하면 기억나는 것이 점점 더 많아졌기 때문이다.

나는 가구들을 하나하나씩 기억해내고, 그 가구마다 그 속에 들어 있는 물건들을 하나하나씩 생각하고, 또 그 물건들마다 그 세세한 것까지 골고루 생각하고, 그러한 세세한 것들의 모양이나 갈라진 틈이나 이 빠진 가장자리 같은 것들에 대해서, 그리고 그 빛깔이나 결 같은 것을 하나하나 다 생각했기 때문이다. 그러면서 나는 내 재산 목록을 파악하여 온전한 일람표를 만들기 시작하는 것이었다.

그리하여 몇 주일 뒤에는, 내 방안에 있는 것들을 따져보는 것만으로도 여러 시간을 보낼 수 있게 되었다. 생각할수록 그동안 내가 소홀히 했던 것, 잊어버렸던 것들을 기억 속에서 끄집어낼 수 있었다.

그래서 나는 바깥세상에서 단 하루라도 산 사람이라면 감옥에서 백 년쯤은 어렵지 않게 살 수 있을 것이라고 생각했다. 단 하루를 산 사람이라도 얼마든지 추억할 거리가 있어 심심하지 않을 것이기 때문이다. 어떻게 생각하면 그건 참 유리한 일이었다.

또 잠자는 것도 고통거리였다. 처음에는 밤에도 자기 어려웠고 더구나 낮에는 조금도 잘 수가 없었다. 하지만 차츰 밤에 자는 것이 쉬워졌고 낮에도 잘 수 있게 되었다. 그래서 마지막 수개월 동안은 하루에 16시간 내지 18시간씩 잤다고 말할 수 있겠다.

그러니까 나는 남는 6시간만 보내면 되었는데, 그 정도는 식사, 대소변, 추억, 체코슬로바키아 이야기 따위로 보내면 되는 것이었다.

사실 나는 밀짚을 넣은 매트와 침대 판자 사이에서 옛날 신문 한 조각을 발견했던 것이다. 그것은 천에 거의 들러붙어서 노랗게 빛이 바래고 앞뒤가 비쳐 보일 정도로 얇아져 있었다. 첫 대목은 떨어져 나가고 없었지만 체코슬로바키아에서 일어난 사건이 실려 있었다.

체코의 어떤 마을에 사는 어떤 남자가 돈벌이를 떠났다가 25년 후에 부자가 되어 아내와 어린애 하나를 데리고 돌아왔다. 그의 어머니는 그의 누이와 함께 고향마을에서 여관을 경영하고 있었다. 그들을 놀라게 해주려고 사내는 처자를 다른 여관에 남겨두고 어머니의 집으로 갔다. 하지만 어머니는 그를 알아보지 못했다.

그는 장난삼아 방을 잡아들고 어머니와 누이에게 자기가 갖고 있던 돈을 보여주었다. 밤중에 그의 어머니와 누이는 그를 망치로 때려죽이고 돈을 훔친 다음 시체를 강물 속에 던져 버렸다. 아침이 되자 사내의 아내가 찾아왔다. 자연스럽게 길손의 신분이 밝혀졌다. 어머니는 목을 맸다. 누이는 우물 속에 몸을 던졌다.

나는 이 이야기를 아마 수천 번은 읽었을 것이다. 절대로 있을 법하지 않은 이야기였지만, 또 한편으로는 그럴 수도 있겠다 싶은 이야기였다. 어쨌든 그런 일이 벌어진 것에 대해서는 아들에게도 어느 정도 책임이 있는 것이니 함부로 장난할 것이 아니라는 생각이 들었다.

그처럼 잠을 자고 지나간 일들을 생각하고 신문 기사를 읽는 동안, 빛과 어둠은 번갈아 오가고 시간은 흘러갔다. 감옥에 있으면 시간관념이 없어진다는 것을 나도 어디선가 분명히 읽은 기억이 있었지만, 그때는 그런 것들이 나에게는 별 의미를 갖지 못했었다.

한나절이 얼마나 길고 동시에 얼마나 짧을 수가 있는 것인지 나는 알지 못했던 것이다. 지내기는 물론 길지만 하도 길게 늘어져서 하루는 다른 하루로 넘쳐서 어느덧 경계가 없어져버리고, 하루하루는 그렇게 이름을 잃게 되는 것이었다. 어제 혹은 내일이라는 말만이 나에게는 의미를 가지고 있었다.

내가 감옥에 들어온 지 벌써 다섯 달이 지났다는 말을 어느 날 간수에게서 들었을 때, 나는 그의 말을 믿기는 했지만 그 말을 이해할 수는 없었다. 나에게는 언제나 그 날이 그날이었고, 늘 같은 날이 내 감방으로 밀려오는 것이었으며 나는 언제나 같은 일을 하고 있었으니까.

그날 간수가 가버린 뒤에 나는 쇠로 만든 밥그릇에 비친 내 얼굴을 들여다보았다. 아무리 웃으려고 애를 써도 내 얼굴은 밥그릇 속에서 여전히 정색하고 있었다. 나는 그 모습을 내 앞에서 흔들어보았다. 나는 빙그레 웃으려고 했지만 그릇에 비친 내 얼굴은 여전히 무뚝뚝하고 슬픈 표정이었다.

날이 저물어가고 있었다. 말하고 싶지 않은 시간, 뭐라고 표현할 수 없는 시간이었다. 교도소의 모든 층 여기저기서 저녁의 소리가 침묵의 행렬을 지어 올라오는 그런 시간이었다.

나는 천장으로 뚫린 창문 밑으로 다가가 마지막 빛 속에서 다시 한 번 내 모습을 들여다보았다.

여전히 심각한 표정이었다.

하긴 새삼 놀라울 것도 없었다. 나는 그때 사실 무뚝뚝한 얼굴을 하고 있었으니까.

하지만 그와 동시에, 나는 여러 달 만에 처음으로 내 목소리를 똑똑히 들었다. 나는 그것이 오래 전부터 내 귀에 울리고 있었던 소리임을 알아차리고, 그동안 내가 줄곧 혼자서 이야기를 하고 있었다는 것을 깨달았다.

그때 나는 어머니의 장례식 날, 간호사가 하던 이야기가 생각났다. 빠져 나갈 길이 없다! 정말 빠져 나갈 길이 없는 것이다.

교도소 안의 저녁이 어떤 것인지는 아무도 상상조차 할 수 없는 그런 것이다.

3

여름이 재빨리 지나가고 또 다른 여름이 찾아왔다. 아마 그렇다고 말할 수 있을 것이다. 첫 더위가 심해졌다. 나는 내게 뭔가 새로운 일이 생길 것을 알고 있었다. 내 사건은 중죄 재판소의 맨 나중 회기에 심의할 예정으로 기록되어 있었는데 그 회기는 6월로 끝난다는 것을 알고 있었기 때문이다.

변론이 시작되었을 때 밖에는 햇빛이 가득했다. 변론은 2, 3일 이상은 계속되지 않을 것이라고 변호사가 장담했다.

"당신 사건은 이번 회기의 가장 중요한 사건이 아니기 때문에 재판정에서도 서두를 겁니다. 게다가 뒤에 존속 살해 사건이 기다리고 있거든요." 그가 덧붙였다.

나는 아침 7시 반에 불려 나가서 호송차로 재판소까지 호송되었다.

간수 두 사람이 양쪽에서 나를 끌고 어둠침침한 조그만 방안으로 들어갔다. 그곳에 앉아 기다리는 동안 방 한옆에 있는 문 밖에서 떠드는 소리, 이름을 부르는 소리, 의자가 삐걱대는 소리, 그리고 동네 축제에서 음악 연주가 끝나고 춤을 출 수 있도록 방안을 정리할 때를 연상시키는 시끌벅적한 소리가 들려왔다.

재판이 열릴 때까지 기다려야 한다고 간수들이 내게 말했다. 간수 하나가 내게 담배를 권했다. 나는 거절했다. 조금 뒤에 그가 다시 나에게 '떨리냐'고 물었다. 나는 아니라고 대답했다. 어떤 의미로는 재판 구경을 하게 된 것이 흥미롭기까지 했다. 나는 이제껏 그런 기회를 한 번도 가져보지 못했던 것이다. 내가 그렇게 말하자 또 다른 간수가 말했다.

"처음엔 볼 만하지. 하지만 결국엔 싫증나고 말아요."

조금 지나자 작은 벨 소리가 방안에 울렸다. 간수들은 나의 수갑을 풀었다. 그들은 문을 열고 나를 피고석으로 들여보냈다. 법정에는 사람들이 꽉 들어차 있었다. 블라인드가 내려져 있었는데도 뜨거운 햇빛이 여기저기 새어 들어오고 있었고 벌써부터 공기는 숨 막힐 지경이었다. 창문을 닫아둔 채였던 것이다.

나는 의자에 걸터앉았고, 간수들은 내 양옆에 자리를 잡았다. 내 앞에 나란히 열을 지어 앉은 얼굴들이 눈에 뜨인 것은 바로 그때였다. 모두 나를 바라보고 있었다. 나는 그들이 배심원이라는 것을 깨달았다. 하지만 그 얼굴들을 구별 지을 만한 특징을 나는 말할 수가 없다. 내가 받은 인상은 단 하나밖에 없었던 것이다.

그때 나는 전차에 늘어앉은 이름 모를 승객들이 모두 웃음거리를 찾아보려고 새로 오르는 승객을 훑어보는 것 같은 인상을 받았다. 하지만 그것이 어리석은 생각이라는 것을 물론 나는 잘 알고 있었다. 왜냐하면 그들 배심원이 찾고 있던 것은 웃음거리가 아니라 죄였으니까. 하지만 사실 그 차이는 그리 큰 것이 아니다. 어쨌든 그때 내 머리를 스친 것은 그런 생각이었다.

나는 또 닫힌 방안에 들어찬 사람들 때문에 좀 어리둥절했다. 재판정 안을 다시 둘러보았지만 나는 얼굴들을 분간할 수 없었다. 처음에는 거기에 복작거리며 모여든 그 사람들이 나를 보려고 왔다는 사실을 알아차리지 못했다. 보통 때 사람들은 나에게 거의 관심을 기울이지 않았으니까. 그래서 내가 그러한 난리법석의 원인이라는 사실을 이해하기 위해서는 노력이 필요했다.

"사람들이 많군요!" 나는 옆에 앉은 간수에게 말했다.

간수는 신문 때문에 그렇다고 대답하면서 배심원석 밑 책상 옆에 자리 잡은 한 패를 가리켰다.

"저기들 와 있군요." 그가 말했다.

"저 사람들이 누군데요?" 내가 물었다.

"물론 신문기자들이죠." 그가 대답했다.

간수가 얼굴을 알고 지내는 기자가 마침 그 속에 섞여 있다가 간수를 보고 우리 쪽으로 걸어왔다. 꽤 나이가 많아 보이고 약간 찌푸린 얼굴이었지만 대체로 호감 가는 인상이었다. 그는 매우 다정하게 간수의 손을 잡았다. 그때 나는 무슨 클럽에라도 와 있는 것처럼 모든 사람들이 서로 아는 얼굴을 찾아서 인사를 하고 말을 주고받는 것을 보았다. 그 속에서 나는 어쩐지 침입자 같고 남아도는 존재인 것 같은 기묘한 느낌이었다.

신문기자가 웃음 띤 얼굴로 모든 것이 나에게 유리하게 되기를 바란다고 말했다. 나는 고맙다고 대답했다.

"우리가 당신 사건을 좀 키워서 보도했어요. 여름철은 우리 신문 계에서는 경기가 없는 계절이거든요. 기삿거리가 될 만한 것이라곤 당신 사건하고 직계존속살해 사건밖엔 없었으니까요."

그렇게 말하면서 그는 방금 자기가 빠져나온 자리를 가리켰다. 그의 손가락을 따라가 보니 검은 테의 큼직한 안경을 쓴, 키가 자그마하고 살찐 족제비처럼 생긴 남자가 보였다. 파리에 있는 모 신문사에서 특파된 사람이라는 것이었다.

“하기야 당신 사건 때문에 온 건 아니에요. 하지만 직계존속살해 사건에 관한 보고를 하는 김에 당신 사건도 기사로 만들어 보내라는 지시를 받은 겁니다.”

그 말에 대해서도 나는 하마터면 고맙다고 인사할 뻔했다. 하지만 그랬다면 얼마나 웃기는 일일까! 그 남자는 나에게 다정스러운 손짓을 조그맣게 해 보이고 가버렸다. 우리는 또 몇 분 동안 더 기다렸다.

나의 변호사가 법복을 입고 여러 동료들에게 둘러싸여 들어왔다. 그는 신문기자들에게 가서 일일이 악수했다. 그들은 서로 농지거리를 주고받고 웃기도 하며 아주 느긋한 태도였다. 그러는 동안 마침내 법정 안에 벨이 요란스럽게 울렸다. 모두 급히 자기 자리로 돌아갔다. 나의 변호사는 내게 와서 악수하고, 질문을 받으면 짤막하게만 대답하고 이쪽에서 절대로 먼저 말하지 말 것이며 나머지 일은 다 자기에게 맡기라고 다짐했다.

내 왼쪽에서 의자를 뒤로 당기는 소리가 들렸다. 돌아보니, 붉은 법복을 입고 코안경을 쓴, 키가 크고 호리호리한 사나이가 조심스럽게 옷을 여미며 앉는 것이 보였다. 검사였다.

서기가 재판 개정을 알렸다. 동시에 두 개의 커다란 선풍기가 윙윙거리며 돌아가기 시작했다. 판사 세 사람이 서류를 들고 들어와서 실내를 한눈에 내려다볼 수 있는 단으로 빨리 걸어 올라갔다. 두 사람은 검정 옷을 입고 있었고, 한 사람은 붉은 옷을 입고 있었다. 붉은 옷을 입은 남자가 가운데 의자에 자리를 잡고 앉아서, 둥근 모자를 벗어 앞에 놓고 조그만 대머리를 손수건으로 닦고 나서 재판 개정을 선언했다.

신문기자들은 벌써 만년필을 손에 들고 있었다. 그들은 하나같이 무심하고 약간 비웃는 태도였다. 그런데 그들 가운데 회색 플란넬 옷을 입고 푸른 넥타이를 맨 젊은 청년만은 만년필을 앞에 놓은 채 나를 바라보고 있었다. 약간 불균형한 얼굴에 매우 맑은 두 눈이 인상적이었다. 그 눈은 물끄러미 나를 보고 있었는데 이렇다 할 표정은 아무것도 없었다. 그런데도 나는 내가 나를 바라보고 있는 것 같은 기묘한 인상을 받았다.

아마도 그런 느낌 때문에, 그리고 또 내가 재판소라는 곳의 관습을 몰랐기 때문에, 나는 뒤이어 일어난 모든 일을 잘 이해하지 못했던 것 같다. 배심원들의 추첨과 변호사, 검사, 배심원에 대한 재판장의 질문이 있었고, 질문을 받을 때마다 배심원들은 머리를 일제히 재판장 쪽으로 돌렸다. 기소장이 빠르게 낭독되었다. 그 속에서 나는 낯익은 지명들과 인명들을 알아들었다. 그리고 다시 내 변호사에 대한 질문이 이어졌다.

재판장이 증인을 호출하겠다고 말했다. 서기가 몇 사람의 이름을 불렀다. 그 이름들은 내 주의를 끌었다. 혼잡한 방청객들 속에서 한 사람씩 일어나 옆문으로 사라지는 것이 보였다. 양로원 원장, 문지기, 토마 페레스 영감, 레몽, 마송, 살라마노 영감, 마리였다.

마리는 나에게 걱정스럽다는 신호를 조그맣게 보냈다. 나는 왜 그들을 진작 발견하지 못했는지 이상했다.

바로 그때 마지막으로 이름을 불린 셀레스트가 일어섰다. 그의 곁에는 언젠가 레스토랑에서 보았던 키 작은 여자가 그때 그 재킷을 입고 정확하고 결단성 있는 표정으로 앉아 있었다. 그 여자는 뚫어지게 나를 쳐다보고 있었다.

하지만 재판장이 다시 말하기 시작했기 때문에 나는 그 여자가 왜 그러는지 생각해볼 시간적 여유가 없었다.

정식 변론이 이제부터 시작될 것이라고 재판장이 말했다. 그리고 방청인들에게 새삼스럽게 정숙을 요청할 필요는 없을 것으로 생각한다고 말하고 나서, 사건의 변론을 공명정대하게 진행하는 것이 자기의 직분이며, 자기는 객관적인 눈으로 사건을 보려고 한다고 강조했다. 배심원들은 정의의 정신에 입각하여 결정을 내려야 할 것이며, 어쨌든 조그만 사고라도 있으면 방청객들에게 퇴장을 명할 것이라고 말했다.

더위는 점점 심해졌다. 방청객들이 신문을 접어 부채질하기 시작했고, 여기저기서 구겨진 종이 소리가 계속 들렸다. 재판장이 손짓하자 서기가 짚으로 엮은 부채를 3개를 가져왔고 세 사람의 판사는 곧 그것을 사용했다.

곧 심문이 시작되었다. 재판장은 나에게 부드럽게, 거의 다정하게 느껴지기까지 하는 말투로 질문을 시작했다. 또다시 내 신분을 대라는 바람에 짜증이 났지만 당연한 일이라는 생각이 들기는 했다. 왜냐하면 나를 다른 사람으로 잘못 알고 재판을 한다면 그건 너무나 중대한 일일 것이기 때문이다.

재판장이 내가 한 일에 대해 말하기 시작했다. 그러면서 두서너 마디마다 매번 나에게 다짐하는 것이었다.

"그렇죠?"

그럴 때마다 나는 변호사의 지시에 따라 꼬박꼬박 대답했다.

"네 그렇습니다. 재판장님."

재판장은 사건의 내용을 무척 세밀하게 얘기했기 때문에 시간이 오래 걸렸다. 그동안 신문기자들은 줄곧 재판장의 말을 받아쓰고 있었고, 나는 젊은 기자의 시선과 그 키 작은 자동인형 같은 여자의 시선을 느끼고 있었다. 전차의 좌석에 앉아 있는 것 같은 사람들은 모두 재판장에게로 고개를 돌리고 있었다. 재판장은 기침을 하고 서류를 한 번 뒤적이고 나서 부채질을 하며 내게로 눈을 돌렸다.

재판장은 이제부터 겉으로는 이 사건과 아무 관계도 없는 것처럼 보이지만 사실은 아마 밀접한 관계가 있을 것으로 생각되는 문제를 다루겠다고 나에게 말했다. 나는 그가 엄마 이야기를 하려 한다는 것을 알아차렸고 동시에 그것이 내게는 얼마나 귀찮은 일인지 깨달았다.

왜 엄마를 양로원에 보냈느냐고 재판장이 물었다.

엄마를 부양할 돈이 없었다고 나는 대답했다.

그것은 나에게 개인적으로 부담스러운 일이었느냐고 재판장이 물었다.

엄마도 나도 서로에게 별로 기대할 것이 없었고 또 우리 둘 다 그런 사실을 알고 있었으며 그리고 우리는 각기 새로운 생활에 익숙해져버렸다고 나는 대답했다.

그러자 재판장은 그 점에 관해서는 더 논의하지 않겠다고 말하고 검사에게 다른 질문이 있는지 물었다.

검사는 절반쯤 나에게 등을 돌리고 있었는데, 그는 나를 돌아보지도 않고 재판장이 허락한다면 내가 아랍 사람을 죽일 생각으로 혼자서 샘으로 되돌아갔던 것인지 알고 싶다고 말했다.

"아닙니다." 내가 말했다.

"그렇다면 그때 무기는 왜 가지고 있었으며, 바로 그곳으로 되돌아간 이유는 무엇인가요?" 검사가 물었다.

"그건 그냥 우연이었습니다." 내가 대답했다.

"지금은 그만하겠습니다." 검사는 좀 불쾌한 말투로 말했다.

그 다음부터는 모든 것이 좀 불확실했다. 적어도 나에게는 그랬다.

판사들끼리 잠깐 의논하고 나서 재판장은 폐정을 선언하면서, 오후에는 증인 심문이 있을 것이라고 말했다.

나는 생각하고 말고 할 겨를이 없었다. 곧바로 끌려 나와서 호송차에 실려 교도소로 돌아와 점심을 먹고, 피곤하다고 겨우 느끼기 시작하는 아주 짧은 시간 만에 다시 불려 나갔던 것이다.

모든 것이 다시 시작되었다. 나는 같은 방 안에, 같은 얼굴들 앞에 앉았다. 다만 더위가 훨씬 더 심해졌고, 그 동안 무슨 일이 있었는지 마치 기적처럼 모든 배심원들, 검사, 변호사 그리고 몇몇 신문기자들까지도 밀짚 부채를 손에 들고 있었다. 젊은 기자와 자그마한 그 여자도 여전히 거기에 있었다. 하지만 그들은 부채질을 하지 않고 있었고, 아무 말 없이 여전히 나를 바라보고 있었다.

나는 얼굴에 흐르는 땀을 닦았다. 양로원 원장의 이름을 부르는 소리를 들었을 때에야 비로소 나는 그 장소와 나 자신에 대한 의식을 어느 정도 회복할 수 있었다.

엄마가 나에 대해 불평한 적이 있었는지 재판장이 물었다. 원장은 그렇다고 대답하고, 하지만 가족들에 대해 불평하는 것은 양로원에 있는 모든 노인들의 괴벽이라고 덧붙였다.

내가 엄마를 양로원에 넣은 것을 엄마가 못마땅하게 여기고 있었는지 재판장이 따져 물었다.

원장은 또 그렇다고 대답했다. 하지만 이번에는 아무 설명도 덧붙이지 않았다.

또 다른 질문에 대하여 그는, 장례식 날 담담한 나를 보고 놀랐었다고 대답했다.

담담했다는 것은 무슨 뜻이냐고 재판장이 물었다.

원장은 자기 구두코를 내려다보고 나서, 내가 엄마를 보려 하지 않았고, 한 번도 눈물을 흘리지 않았으며, 장례식이 끝난 뒤에도 무덤 앞에서 묵도를 하지 않고 곧 물러났다고 말했다. 그러면서 그는 내가 엄마의 나이를 모르더라고 장의사의 일꾼 가운데 한 사람이 말하는 것을 듣고 깜짝 놀랐다고 덧붙였다.

잠시 침묵이 흘렀다.

지금까지 한 말이 확실히 나에 관한 것이냐고 재판장이 원장에게 물었고, 원장은 그 질문의 뜻이 뭔지 알아차리지 못하고 어리둥절한 표정을 지었다.

"법률상 하는 질문입니다." 재판장이 말했다.

그리고 재판장은 다시 검사에게 증인에 대한 질문이 없느냐고 물었다.

"없습니다. 그것으로도 충분합니다." 검사가 외쳤다.

그 목소리가 어찌나 맹렬하던지, 그리고 나를 바라보는 그 눈초리가 어찌나 의기양양하던지 나는 여러 해 만에 처음으로 울고 싶은 바보 같은 생각이 들었다. 그 모든 사람들이 나를 얼마나 미워하는지 느낄 수 있었기 때문이다.

재판장은 다시 배심원들과 나의 변호사에게 질문이 없는지 묻고 나서 문지기의 진술을 들었다. 그에게도 다른 모든 증인들과 같은 방식의 절차가 되풀이되었다. 자리에 나와 서서 문지기는 나를 한 번 바라보고 곧 눈길을 돌렸다. 그는 질문에 대답했다. 내가 엄마를 보고 싶어 하지 않았고 담배를 피웠으며 잠을 자고 밀크커피를 마셨다고 말했다. 그러자 방청객 전체가 술렁이며 분노하는 것이 느껴졌다. 그때 나는 처음으로 내가 죄인이라는 것을 깨달았다.

재판장은 문지기에게 밀크커피 이야기와 담배 이야기를 한 번 더 시켰다. 검사는 비웃음이 담긴 눈으로 나를 바라보았다.

"당신도 함께 담배를 피우지 않았습니까?"

나의 변호사가 문지기에게 물었다.

검사가 벌떡 일어서며 외쳤다.

"도대체 누가 죄인입니까? 변호사 측은 불리한 증언을 최소한으로 하기 위해 증인을 모욕하고 있습니다."

재판장은 질문에 대답하라고 문지기에게 말했다.

"잘못된 일이라는 것은 저도 잘 압니다. 하지만 저분이 권하신 담배를 거절하기가 어려웠습니다."

문지기 영감은 당황한 얼굴로 말했다.

끝으로 나에게 더 할 말이 없느냐고 재판장이 물었다.

"없습니다. 다만 증인의 말이 맞다는 것을 말씀드립니다. 내가 그에게 담배를 권했습니다." 나는 대답했다.

문지기는 약간의 놀라움과 일종의 감사가 담긴 눈초리로 나를 바라보았다. 그리고 잠시 망설이는가 싶더니 밀크커피를 권한 것은 자기였다고 말했다.

나의 변호사는 배심원들이 그것을 충분히 고려할 것이라고 기세등등하게 말했다. 그러자 검사는 우리의 머리 위로 벼락처럼 소리를 질렀다.

"물론 배심원들께서는 충분히 고려하실 겁니다. 그리고 아무 관계도 없는 남이야 커피를 권할 수 있지만, 자기를 낳아준 어머니의 시신 앞에서 아들은 사양해야 했었다는 것도 배심원들께서는 충분히 고려하실 겁니다."

문지기는 자기 자리로 돌아갔다.

토마 페레스의 차례가 되었다. 서기는 그를 증인석까지 부축해야 했다. 페레스는 어머니와 특별히 잘 알고 지내는 사이였고, 나는 장례식 날 한 번 만났을 뿐이라고 말했다.

그날 내가 무엇을 했는지 재판장이 물었다.

“저는요, 그날 너무 슬펐습니다. 그래서 아무것도 보지 못했습니다. 가슴 속의 슬픔이 너무 커서 아무것도 눈에 보이지 않았어요. 나에게는 정말 너무 엄청난 슬픔이었으니까요. 심지어 기절까지 할 정도였죠. 그래서 나는 저분을 보지 못했습니다.” 그가 말했다.

내가 눈물을 흘리는 것을 보았느냐고 차석 검사가 물었다. 페레스는 보지 못했다고 대답했다.

“배심원들께서는 이 점을 고려하실 겁니다.”

검사가 말했다.

나의 변호사가 분연히 일어나더니 내가 보기에도 좀 지나치게 큰 목소리로 페레스에게, 내가 눈물을 흘리지 않는 것을 보았느냐고 물었다.

페레스는 ‘보지 못했다’고 대답했다.

방청객들이 웃었다.

내 변호사는 한쪽 소매를 걷어붙이면서 단호하게 말했다.

"이것이 바로 이 재판의 모습입니다. 모든 것이 사실이라지만, 사실인 것은 하나도 없습니다."

검사는 무표정한 얼굴로 기록문서의 제목을 연필로 콕콕 찌르고 있었다.

5분 동안의 휴식 시간에 변호사는 모든 게 잘 되어간다고 나에게 말했다.

휴식이 끝나자 피고 측의 요구로 호출된 셀레스트의 진술이 있었다. 피고란 바로 나였다. 셀레스트는 가끔씩 나를 바라보며 두 손으로 모자를 돌리고 있었다. 그는 일요일에 가끔 나와 함께 경마 구경 갈 때 입던 깔끔한 새 옷을 입고 있었는데, 칼라는 미처 달지 못하고 놋 단추 하나로 셔츠를 채우고 있었다.

내가 그의 손님이었느냐고 재판장이 물었다.

"그렇습니다. 그리고 친구이기도 했습니다." 그가 말했다.

나를 어떻게 생각하느냐고 재판장이 물었다.

"그는 사나입니다." 그가 대답했다.

사나이란 무슨 뜻이냐고 재판장이 물었다.

"그게 무슨 뜻인지는 다 압니다." 그가 대답했다.

내가 내성적인 성격이었냐고 재판장이 물었다.

"그는 그냥 무의미한 말을 하지 않는 성격이었습니다." 그가 대답했다.

내가 식비는 어김없이 냈느냐고 차석 검사가 물었다.

셀레스트는 웃었다.

"그건 사사로운 일입니다." 그가 대답했다.

내가 저지른 죄에 대해 어떻게 생각하느냐고 재판장이 묻자 그는 증언대 위에 손을 올려놓았다. 뭔가 할 말을 미리 준비했다는 것이 뻔했다.

"나는 그것이 불운이었다고 생각합니다. 불운이 어떤 것인지는 누구나 다 아시잖습니까? 불운이 닥칠 땐 도저히 어쩔 수가 없지요. 내 생각엔 그건 그냥 불운이었을 뿐입니다."

그는 말을 더 계속하려고 했지만 재판장이 그만하면 됐다고 말하며 수고했다고 인사했다. 그러자 셀레스트는 약간 당황하면서 하고 싶은 말이 더 있다고 했다. 재판장은 이야기를 간단히 해달라고 요청했다. 셀레스트는 또 다시 그것은 하나의 불운이었다고 되풀이했다.

그러자 재판장이 말했다.

"네, 알겠습니다. 하지만 우리가 할 일은 그러한 불운을 재판하는 것입니다. 수고하셨습니다."

열과 성을 다했지만 더 이상은 어쩔 수가 없다는 표정으로 셀레스트는 나를 보았다. 눈은 번쩍이고 입술은 떨리고 있었다. 나를 위해 자기가 더 할 수 있는 일이 무엇일까 하고 나에게 묻고 있는 것 같았다. 나는 아무 말도 아무 몸짓도 하지 않았지만, 한 인간을 껴안고 싶은 마음이 저절로 우러난 것은 그때가 생전 처음이었다.

재판장은 증인석에서 물러가라고 그에게 명령했다. 셀레스트는 법정의 자기 자리로 가서 앉았다. 나머지 심문이 다 끝날 때까지 그는 우두커니 몸을 약간 앞으로 기울여 무릎에 팔꿈치를 괴고, 모자를 두 손으로 잡은 채 오고 가는 모든 말에 귀를 기울이고 있었다.

마리가 들어왔다. 모자를 쓰고 있었는데 여전히 아름다웠다. 하지만 나는 머리를 풀었을 때의 그녀 모습이 더 좋았다. 내가 앉아 있는 곳에서도 그녀의 볼록한 가슴을 볼 수 있었고 아랫입술이 여전히 조금 부푼 듯한 것도 알아볼 수 있었다. 그녀는 불안한 것 같았다.

언제부터 나를 알았느냐고 재판장이 묻자 그녀는 우리가 같은 회사에서 일하던 시기를 말했다.

나와 어떤 사이냐고 재판장이 물었다.

우리는 친구라고 마리가 대답했다.

또 다른 질문에 대하여, 그녀는 우리가 결혼하기로 한 것은 사실이라고 대답했다.

서류를 뒤적이고 있던 검사가 갑자기, 언제부터 우리의 관계가 시작되었느냐고 물었다.

마리는 그 날짜를 말했다.

그 날은 엄마의 장례식이 있은 다음 날이라고 검사는 태연한 얼굴로 지적했다. 그러고 나서 그는 약간 비웃는 말투로, 그런 미묘하고 개인적인 사정을 더 캐묻고 싶지도 않고 또 마리의 입장을 모르는 바는 아니지만—여기에서 그의 말투는 모질어졌다—자기의 의무상 부득이 예의를 초월할 수밖에 없다고 양해를 구하면서 마리에게 나와 관계를 맺게 된 그날 하루 동안의 일을 요약해 말해달라고 요구했다.

마리는 처음에는 말하지 않으려고 했지만 검사의 강권에 못 이겨, 그날 해수욕 갔던 일, 영화 구경 갔던 일, 그리고 둘이서 우리 집으로 돌아온 일을 말했다.

차석 검사는 예심에서 마리의 진술을 듣고 그날 영화 프로그램을 조사해 보았다고 말한 다음, 그때 무슨 영화를 보았는지 마리 자신의 입으로 말해주기 바란다고 덧붙였다.

마리는 거의 질린 목소리로, 페르낭델이 나오는 영화였다고 말했다.

순간 법정 안은 물을 끼얹은 것처럼 잠잠해졌다.

검사는 일어서서 심각하게, 참으로 감동스럽다는 듯이 나를 손가락으로 가리키면서 천천히 또박또박 한마디 한마디를 끊어 말했다.

"배심원 여러분, 어머니가 돌아가신 바로 그 다음 날에 이 사람은 해수욕을 하고, 부정한 관계를 맺기 시작했으며, 희극 영화를 보러 가서 시시덕거렸습니다. 나는 더 이상 할 말이 없습니다."

여전한 침묵 속에서 검사는 자리에 앉았다.

갑자기 마리가 흐느껴 울기 시작했다. 그러면서, 그게 아니다, 다른 것도 있었다, 사람들이 억지로 자기가 생각하는 것과는 반대로 이야기를 시킨 것이다, 자기는 나를 잘 알고 있고, 나는 절대로 나쁜 사람이 아니라고 말했다. 하지만 재판장이 손짓하자 서기가 그녀를 데리고 나갔고 심문은 다시 계속되었다.

마송이 나와서, 내가 얌전한 사람이고 성실한 사람이

라고 증언했지만 거의 아무도 듣지 않았다.

살라마노 영감도 내가 그의 개의 일로 퍽 친절했었다는 것을 말하고, 어머니와 나에 관한 질문에 대해, 나는 엄마와 할 말이 아무것도 없었고 그 때문에 엄마를 양로원으로 보낸 것이라고 대답했지만 역시 들어주는 사람은 거의 없었다.

"이해해주셔야 합니다. 그를 이해해주셔야 합니다." 하고 살라마노 영감이 말했지만 이해해주는 사람은 하나도 없는 것 같았다. 그도 끌려 나갔다.

레몽의 차례가 되었다. 그가 마지막 증인이었다. 레몽은 나에게 슬쩍 손짓을 해 보이고 다짜고짜 나에게는 죄가 없다고 말했다.

재판장은, 그에게 요구하는 것은 판정이 아니라 사실이라고 말하고 나서, 질문을 하면 그때 대답을 하라고 주의를 주었다.

그와 피해자가 어떤 관계였는지 정확하게 말해보라는 요구가 있었다.

레몽은 기회를 놓칠세라, 자기가 피해자의 누이의 뺨을 때린 다음부터 피해자가 복수를 하려고 자기를 따라다니고 있었다고 말했다.

피해자가 나를 미워할 이유는 없었느냐고 재판장이 물었다.

내가 바닷가에 같이 있었던 것은 순전히 우연이었다고 레몽이 말했다.

그렇다면 사건의 발단이 된 그 편지를 왜 내가 썼느냐고 검사가 물었다.

그것도 순전히 우연이었다고 레몽이 대답했다.

이 사건에서 우연이 너무 많은 양심의 손상을 가져왔다고 검사는 반박하면서, 레몽이 자기 정부의 뺨을 때렸을 때 내가 말리지 않은 것도 우연인지, 내가 경찰서에 가서 증언한 것도 우연인지, 그때 내 증언이 두둔하는 내용 일색이었던 것도 우연인지 알고 싶다고 말했다. 그리고 그는 끝으로 레몽에게 직업이 무엇이냐고 물었다.

창고업이라고 레몽이 대답하자 차석 검사는 배심원들에게 말했다.

"증인이 포주 노릇을 업으로 하고 있다는 것은 누구나 다 아는 사실입니다. 그리고 피고는 그의 공범자이며 친구입니다. 이것은 가장 비열하고 음란한 범죄일 뿐만 아니라 피고가 도덕적으로 파렴치한 사람이라는 사실을 뒷받침하는 흉악한 범죄입니다."

레몽이 변명하려 했고 내 변호사도 항의했지만 재판장은 먼저 검사가 이야기를 마저 끝마치도록 했다.

"내가 덧붙일 것은 그리 많지 않습니다."

검사는 이렇게 말한 다음 레몽에게 눈을 돌렸다.

"피고는 당신의 친구였습니까?" 검사가 물었다.

"네! 그는 내 친구였습니다." 레몽이 말했다.

그러자 검사가 나에게 똑같은 질문을 했고 나는 레몽을 바라보았다. 그는 나에게서 눈을 돌리지 않았다.

"그렇습니다." 하고 나는 대답했다.

그러자 검사는 배심원들에게로 돌아섰다.

"어머니가 사망한 바로 다음 날 가장 수치스러운 정사에 골몰했던 바로 그 사람이 입에 담기도 더러운 치정 관계를 끝내려고 살인을 한 것입니다."

말을 마치고 검사는 자리에 앉았다.

그동안 꾹 참고 있던 나의 변호사가 두 팔을 높이 쳐들면서 외쳤다. 그 때문에 소매가 다시 흘러내리면서 풀 먹인 셔츠의 주름이 드러나 보였다.

"도대체 피고는 어머니가 사망한 것 때문에 기소된 것입니까, 살인을 한 것 때문에 기소된 것입니까?"

방청석에서 웃음이 터졌다.

하지만 검사는 다시 일어서서 법복을 바로잡더니 존경하는 변호사께서는 순진한 마음으로 봐야만 그 두 가지 사실 사이의 비장하고 본질적인 관계를 느낄 수 있게 될 것이라고 단언했다.

"그렇습니다. 범죄자의 마음으로 자기 어머니를 매장했기 때문에 나는 이 사람의 유죄를 주장하는 것입니다." 검사가 힘차게 외쳤다.

이 말은 방청객들에게 큰 감동을 준 것 같았다.

변호사는 어깨를 으쓱하면서 이마에 흐르는 땀을 닦았다. 하지만 그 자신 동요된 빛이었고, 사태는 나에게 절대로 유리하게 돌아가고 있지 않다는 것을 나는 깨달았다.

법정은 폐정되었다.

재판소를 떠나 호송차를 타러 가면서 나는 아주 짧은 한순간이나마 여름 저녁의 냄새와 빛을 느꼈다. 어두컴컴한 호송차 속에서 나는 내가 좋아하던 도시, 그리고 가끔 스스로 만족감을 느끼게 하던 어떤 시각의 귀에 익은 소리들을, 마치 나 자신의 피곤한 마음속에서 하나씩 찾아내는 것처럼 다시 들을 수 있었다.

이미 고요하고 아늑하게 가라앉은 대기 속에서 들려오는 신문장수들의 외침, 작은 공원 안의 마지막 새소리, 샌드위치 장수의 부르짖음, 시내 고지대의 급하게 돌아드는 커브길에서 울리는 전차의 마찰음, 그리고 항구 위로 밤이 내리기 전의 하늘에 반응하는 어렴풋한 소리, 그러한 모든 것이 마치 장님이 더듬어 가는 길처럼 나에게 다가오는 것이었다.

교도소로 들어오기 전에 내가 잘 알고 있던 바로 그 길이 말이다.

그렇다, 그것은 아주 오랜 옛날 내가 스스로 만족하던 그런 시간이었다. 그런 때면 나를 기다리고 있던 것은 언제나 가볍고 꿈도 없는 잠이었다. 하지만 이제는 무엇인가 달라져 있었다. 왜냐하면 내일에 대한 기대 속에서 이제 내가 다시 만나는 것은 나의 감방이니까 말이다. 여름 하늘에 그려진 낯익은 길들이 죄 없는 수면으로 이끌어 갈 수도 있고 감옥으로 이끌어 갈 수도 있는 것처럼.

4

비록 피고석에 앉아서라도 다른 사람들이 자기 자신에 대해 하는 말을 듣는 것은 언제나 흥미 있는 일이다. 검사와 변호사 사이의 변론이 있는 동안 사람들은 내 이야기를 많이 했다. 아마 내 범죄에 대해서보다 나에 대해서 더 많은 이야기를 했다고 할 수 있을 것이다.

게다가 양쪽의 변론에 무슨 큰 차이가 있었던 것도 아니다. 변호사는 팔을 쳐들어 올리고 유죄를 인정하되 변명을 붙였다. 검사는 손가락질을 하며 유죄를 고발하되 변명의 여지를 주지 않았다.

하지만 나로서는 좀 걸리는 일들이 하나씩은 있었다. 조심한다고 하면서도 나도 가끔은 한 마디 참견하고 싶었다. 하지만 그럴 때마다 변호사는 나를 말리면서 이렇게 말하곤 했다.

"가만히 있어요, 그래야 일이 잘 됩니다."

그러니까 사람들은 나를 빼놓은 채 내 사건을 다루고 있는 것이었다. 나는 절대로 끼어들지 못하게 한 상태로 모든 것이 진행되었다. 내 의견은 물어보지도 않고 내 운명을 결정하려는 것이었다. 때때로 나는 다른 모든 사람들의 이야기를 가로막고 이렇게 말하고 싶었다.

"도대체 누가 피고입니까? 피고라는 것은 중요한 겁니다. 내게도 할 말이 있습니다."

하지만 정작 생각해보면 사실 내가 할 이야기란 아무것도 없었다.

그리고 나는, 사람들이 나에게 관심을 보이는 데서 얻는 흥미는 오래 계속되지 않는다는 것을 인정하지 않을 수 없었다. 가령 검사의 변론이 곧 나에게는 따분하게 느껴졌다. 나의 관심을 끌거나 흥미를 일으킨 것은 어떤 단편적인 말들, 몸짓들, 혹은 전체와는 동떨어진 한 토막의 변설, 고작 그런 것들이었다. 내가 제대로 이해한 것이라면, 검사가 주장하는 요점은 내가 범죄를 사전에 계획했다는 것이었다. 적어도 그는 그것을 증명하려고 했으며, 그 자신이 이렇게 말하고 있었다.

"그것을 증명하겠습니다, 여러분. 그것도 두 가지 방식으로 말입니다. 첫째, 명백한 사실에 비추어서, 둘째,

이 범죄적 영혼의 심리상태가 제공하는 어두운 빛에 비추어서 증명할 수 있는 것입니다."

검사는 엄마가 죽은 뒤의 여러 가지 사실들을 요약했다. 내가 냉담했다는 것, 엄마의 나이를 몰랐다는 것, 이튿날 여자와 해수욕을 하러 갔다는 것, 페르낭델이 나오는 영화를 보러 갔다는 것, 그리고 끝으로 마리와 함께 집으로 돌아왔다는 것을 지적했다.

그때 나는 검사의 말을 이해하는 데 한참 시간이 걸렸다. 그가 마리를 '그의 정부'라고 말했기 때문이다. 하지만 나에게는 마리였을 따름이다. 그리고 검사는 레몽 이야기를 했다. 검사는 사건을 보는 방식이 무척 명석하다고 나는 생각했다. 그의 이야기는 그럴듯했다.

나는 레몽과 짜고 그의 정부를 꾀어다가 '품행이 좋지 못한' 사나이의 악랄한 손아귀에 넘기려고 편지를 썼다. 바닷가에서도 레몽의 적들에게 시비를 건 것은 나였다. 레몽이 칼을 맞고 부상을 당했다.

나는 레몽에게 권총을 달래 가지고, 그것을 사용할 생각으로 혼자서 되돌아갔다. 그리하여 계획대로 아랍인을 쏘아 죽인 것이다. 그리고 조금 있다가 '일이 잘 되었는지 확인하기 위하여' 다시 네 방의 탄환을 태연하게, 말하자면 깊이 생각한 끝에 쏘았다.

"여러분! 이상과 같습니다. 나는 여러분께, 이 사람이 고의적으로 살인을 하게 된 사건의 경위를 말씀드렸습니다. 여기서 나는 고의적인 살인이라는 점을 강조합니다. 왜냐하면 이것은 보통의 살인, 정상참작의 여지가 있는 충동적인 행위가 아니기 때문입니다. 여러분, 이 사람은 지식수준도 꽤 높습니다. 피고의 진술을 여러분도 들으셨으니 아실 겁니다. 그는 대답할 줄도 알고 질문의 의미도 잘 알고 있습니다. 그러므로 자기가 무슨 짓을 하는지도 모르고 행동했다고는 절대로 말할 수 없습니다." 검사가 말했다.

귀를 기울이고 있던 나는, 그가 나를 지식수준이 높은 사람이라고 하는 말을 들었다. 하지만 사람들에게 보통 장점이 되는 것이 어떻게 나를 죄인으로 몰아가는 절대적으로 불리한 조건이 되는 것인지 나는 잘 이해할 수가 없었다. 나는 그런 점에서 좀 놀랐다. 그래서 나는 그 다음부터는 검사의 말에 더 이상 귀를 기울이지 않았다. 문득 그의 말이 다시 들렸다.

"하다못해 그가 단 한 번이라도 후회하는 빛을 보였던가요? 여러분, 전혀 그렇지 않았습니다. 예심이 진행되는 동안에도 피고는 자기의 가증스러운 범죄를 뉘우치는 듯한 때가 단 한 번도 없었습니다."

그는 나에게로 돌아서서 손가락으로 나를 가리키며 계속 통렬한 비난을 퍼부었다. 나는 그가 왜 그러는지 도무지 알 수가 없었다. 그의 말이 옳다는 것을 인정하지 않을 수 없기는 했다. 나는 내 행동을 별로 뉘우치고 있지는 않았던 것이다. 그렇지만 그가 그렇게까지 노발대발하는 것이 나에게는 참 이상한 일이었다.

나는 그에게 다정하게, 거의 애정을 기울여서, 내가 진심으로 무엇을 뉘우치는 일은 이제껏 한 번도 없었다, 나는 늘 앞으로 일어날 일, 오늘의 일 또는 내일의 일에 정신이 팔려 있기 때문이라고 설명해주고 싶었다. 하지만 물론 지금 내 처지에서는 누구에게도 그런 식으로 말할 수 없었다. 지금의 나에게는 다정한 태도를 취하거나 선의를 가질 권리가 없는 것이다.

검사는 이제 나의 영혼에 관한 이야기를 시작했다. 그래서 나는 다시 귀를 기울이려고 애썼다.

“배심원 여러분, 나는 그의 영혼을 들여다보았지만 아무것도 찾아볼 수 없었습니다.”

그는 나에게 영혼 같은 것은 아예 없고, 인간다운 면이라고는 전혀 찾아볼 수 없으며, 인간의 마음을 지켜주는 도덕적 원리 같은 것도 나와는 인연이 아주 먼 것이라고 강조했다.

“그렇다고 해서 우리가 이 사람을 비난할 수도 없을 것입니다. 그가 가질 수 없는 것이 그에게 없다고 해서 나무랄 수는 없는 일이니까요. 하지만 법정에서는, 좀 어렵더라도, 관용이라는 소극적 덕목은 고귀한 정의라는 덕목으로 바뀌어야 합니다. 특히 이 사람에게서 볼 수 있는 심리적 공허가 사회 전체를 삼켜버리는 심연이 될 수도 있는 경우에는 더욱 그렇습니다.”

그가 엄마에 대한 내 태도를 또 다시 비난하기 시작한 것은 바로 그때였다. 변론 중에 한 말을 그는 다시 되풀이했다. 하지만 그것은 내가 저지른 범죄 이야기보다도 훨씬 더 길었다. 어찌나 긴지 나는 마침내 그날 아침의 더위밖에는 아무것도 느끼지 못할 지경이 되었다. 적어도 그가 잠시 말을 끊었다가 다시 아주 나직하고 자신 있는 목소리로 이렇게 말할 때까지는 그랬다.

"여러분, 바로 내일 이 법정은 가장 가증스러운 범죄, 아버지를 살해한 사건을 심판하게 될 것입니다."

그리고 그의 다음 말을 요약하면 대충 이랬다.

이 잔혹한 범죄는 상상력조차 뒷걸음치게 만드는 것이다. 그러므로 인간 사회의 계율이 가차 없는 처단을 내리기를 감히 기대해 마지않는다. 하지만 이 잔혹한 범죄 앞에서 느끼는 전율은 나의 무감각함 앞에서 느끼는 전율에 비하면 차라리 덜한 것이라고 자기는 서슴지 않고 말할 수 있다. 또 나는 정신적으로 어머니를 죽인 사람이다. 그것은 아버지를 자기 손으로 죽인 사람과 마찬가지로 인간 사회를 저버리는 것이다. 어쨌든 전자는 후자의 행위를 준비하는 것이라 말할 수 있는 것이어서, 전자는 후자의 행위를 예고하고 정당화하는 것이다.

그는 다시 목소리를 높여서 이렇게 덧붙였다.

"여러분, 이 법정이 내일 판결하게 될 살인죄에 대해 유죄라고 말해도, 여러분은 내 생각이 지나치다고는 절대로 생각하지 않을 것입니다. 그러므로 나는 여기 앉아 있는 이 사람이 형벌을 받아야 한다고 확신합니다."

여기서 검사는 수건을 꺼내 땀으로 번들거리는 얼굴을 닦았다. 마지막으로 그는, 자기의 의무는 괴로운 것이지만 단호히 그것을 수행할 것이라면서, 나는 사회의 가장 근본적인 계율을 무시하고 있으므로 사회와 관계가 있다고 할 수 없으며, 인정의 가장 기본적인 반응도 모르는 사람이므로 인정에 호소할 수도 없다고 말했다.

"나는 이 사람을 사형에 처할 것을 요구합니다. 사형을 요구해도 나의 마음은 가볍습니다. 왜냐하면 이미 짧지 않은 재직 기간 동안에 나는 여러 번 사형을 요구한 일이 있지만, 이 괴로운 의무가 오늘처럼 신성하게 느껴진 적도 없고, 오직 흉악무도하다는 말로밖에는 표현할 수 없는 사람의 얼굴 앞에서 느끼는 혐오감에서 균형을 회복하고 빛을 받는 것처럼 느껴진 적도 없었기 때문입니다."

검사가 자리에 앉자 상당히 긴 침묵이 흘렀다. 나는 더위와 놀라움으로 어리둥절한 상태였다. 재판장이 잔기침을 하고 나서 아주 낮은 목소리로 나에게 할 말이 있는지 물었다.

나는 그동안에도 줄곧 말하고 싶었기 때문에 곧바로 일어서서 그저 생각나는 대로 말했다. 아랍인을 죽일 생각은 없었다고 말하자 재판장은 그건 하나의 주장일 뿐이라고 대답하고, 지금까지 자기는 나의 변호방식을 좀 이해하기 어렵기 때문에 변호사의 말을 듣기 전에 내가 그런 행동을 하게 된 동기를 분명하게 말해주면 좋겠다고 말했다.

나는 빠르고 좀 뒤죽박죽인 말로, 우스꽝스러운 말인 줄 알면서도, 그것은 태양 때문이었다고 말했다.

방청석에서 웃음이 터졌다. 나의 변호사는 어깨를 으쓱했다. 곧 그에게 발언권이 주어졌다. 하지만 그는 시간도 늦었고, 자기의 진술은 좀 시간이 걸리니까 오후로 미루고 싶다고 말했다. 재판관은 동의했다.

오후에도 여전히 커다란 선풍기들이 실내의 무더운 공기를 휘젓고 있었고, 배심원들의 다양한 부채들은 모두 같은 방향으로 움직이고 있었다.

내 변호사의 변론은 도대체 언젠가 끝나기는 할지 모를 지경이었다. 하지만 어느 순간부터 나는 그의 말에 귀를 기울였다. "내가 죽인 것은 사실입니다." 라고 그가 말했기 때문이다. 그 다음에도 그는 그런 투로 계속하면서 나에 대해 말할 때마다 '나는' 이라고 말했다.

나는 깜짝 놀랐다. 나는 간수 쪽으로 몸을 기울여 그 이유를 물었다. 간수는 처음에는 잠자코 있으라고 말하더니, '변호사들은 모두 그런다'고 덧붙였다.

나는, 그것 또한 나를 사건에서 제외시키는 것이고, 나를 제로로 만들어버리는 것이며, 어떤 의미로는 그가 나를 대신하는 것이라고 생각했다. 하지만 그때 이미 나는 그 법정에서 아득히 멀어져 있었던 것 같다. 게다가 내 변호사도 나는 우습기만 했다.

그는 빠른 말투로 나의 범죄행위를 변호하고 나서, 그 역시 나의 영혼에 대해 이야기했다. 하지만 내가 보기에 그는 검사에 비해서 훨씬 솜씨가 떨어지는 것 같았다.

"나도 역시 그 영혼을 들여다보았습니다. 하지만 탁월하신 검사님의 의견과는 반대로 나는 그 속에서 무엇인가를 발견할 수 있었습니다. 아니 어쩌면 펼친 책을 읽듯 환히 볼 수 있었다고 말할 수 있겠습니다."

그는 내가 성실하고 규칙적이고 근면하고 회사에 충실한 사람이고, 모든 사람들에게서 호평을 받고 있었으며, 다른 사람의 불행에 대해 동정적인 사람이라는 것을 알게 되었다고 말했다. 그는 내가 힘자라는 데까지 오랫동안 어머니를 부양한 모범적인 아들이었고, 결국 나의 재력으로는 불가능한 편안하고 안전한 생활과 건강상의 보살핌을 기대하면서 양로원으로 늙은 어머니를 보낸 것이라고 말했다.

"여러분, 양로원에 대해 이러니저러니 그렇게도 많은 논의가 있었다는 것이 나는 차라리 이상하기만 합니다. 왜냐하면 만약 그러한 시설이 유익하고 중요한 것이라는 증거를 굳이 제시해야 한다면 그런 시설을 지원하는 것이 바로 국가라는 사실을 지적하지 않을 수 없기 때문입니다."

그는 이렇게 덧붙였지만 장례식에 대해서는 아무 말도 하지 않았다. 그것이 그의 결론의 결함이라고 나는 느꼈다. 하지만 그렇게도 길고 장황한 이야기들, 여러 날 동안 계속된 나의 정신에 관한 이야기들 때문에 한없이 긴 시간 속에서 모든 것은 빛깔 없는 물처럼 변해버리는 것 같았고 나는 그 속에서 현기증을 느꼈다.

끝부분에 대해서는, 변호사가 이야기를 계속하고 있는 동안에 거리에서 부는 아이스크림 장수의 나팔 소리가 다른 방들과 법정의 온갖 공간을 거쳐서 나의 귀에까지 울려온 것만이 기억에 남아 있을 뿐이다.

나는 이미 나의 것이 아닌 삶, 하지만 내가 아주 조금이나마 가장 끈질긴 기쁨을 얻었던 삶의 추억에 사로잡혔다. 여름철의 냄새, 내가 좋아하던 거리, 저녁 하늘, 마리의 웃음과 옷차림……

그곳에서 벌어지는 그 모든 쓸데없는 짓들에 대한 역겨움이 목구멍에까지 치밀어 올라, 나는 다만 빨리 끝나 내 감방으로 돌아가 잠잘 수 있기만 바랄 뿐이었다.

일시적 실수로 잘못을 저지른 성실한 사람을 배심원 여러분이 사형에 처하지는 않을 것이라고 외치면서 내 변호사는, 이미 영원한 뉘우침이라는 가장 확실한 벌을 받고 있는 범죄에 대해 정상참작을 요구한다고 말했다. 하지만 그런 말도 내 귀에는 거의 들리지 않았다.

변호사는 기진맥진한 얼굴로 자리에 앉았다. 그러자 그의 동료들이 달려와서 그의 손을 잡았다. "정말 훌륭했어." 하는 소리가 들렸다. 심지어 나에게 "그렇죠?" 하고 말하는 사람도 있었다. 나는 그렇다고 동의했지만 진심에서 우러나온 것은 아니었다. 너무나 피곤했기 때문이다.

그러는 동안에 어느덧 해가 기울어 더위는 조금 수그러들었다. 큰길에서 들려오는 소리들로 나는 밖이 아늑한 저녁나절이라는 것을 짐작할 수 있었다.

우리는 모두 제자리에서 기다리고 있었다. 그런데 그 모든 사람이 기다리고 있는 것은 오직 나 한 사람에게만 관계되는 일이었다. 나는 다시 한 번 법정 안을 둘러보았다. 모든 것이 첫날과 똑같았다. 나는 회색 저고리를 입은 신문기자와 자동인형 같은 여자와 눈이 마주쳤다.

그제야 재판을 받는 동안 내가 한 번도 마리를 찾아보지 않았다는 것을 깨달았다. 그녀를 잊어버린 것은 아니었다. 다만 할 일이 너무 많았다. 셀레스트와 레몽 사이에 마리가 보였다. 그녀가 '이제야 끝났군요' 라는 듯 나에게 조그맣게 손짓했다. 약간 근심어린 얼굴로 그녀는 미소를 지었다. 하지만 나는 마음이 굳게 닫혀 있는 느낌이었고 그녀의 미소에 답할 수조차 없었다.

공판이 재개되었다. 배심원들에 대한 일련의 질문들이 매우 빠르게 낭독되었다. '살인죄' …… '계획적' …… '정상참작' 따위의 말이 들렸다.

배심원들이 퇴장하자 나는 처음 왔을 때 기다리던 방으로 끌려갔다. 내 변호사가 따라와서 여느 때보다도 더욱 자신만만하고 정다운 태도로 수다를 떨었다. 모든 것이 잘 될 것이고, 아마 몇 년 동안의 금고나 징역만 살면 될 것이라고 생각한다는 것이었다.

만약 판결이 불리하면 파기할 수 있냐고 내가 물었다. 그럴 수는 없다고 그는 대답했다. 배심원들의 비위를 건드리지 않기 위해서 법률적 주장을 하지 않은 것이 자기의 전술이었다는 것이다. 그렇기 때문에 아무 사유 없이 판결을 파기하지는 못하는 법이라고 그는 설명했다.

듣고 보니 명백한 것 같아서 나는 순순히 그의 논리에 승복했다. 냉정하게 따져보면 그것은 정말 당연한 일이었다. 그렇지 않으면 그 수많은 서류는 전혀 쓸모없는 것이 될 것이다.

"어쨌든 상고할 수는 있습니다. 하지만 결과는 유리하게 나올 거라고 확신합니다." 내 변호사는 말했다.

우리는 아주 오래, 아마 거의 사오십 분은 기다렸을 것이다. 마침내 종이 울렸다.

"배심원 측의 답신을 배심원 대표가 읽습니다. 당신은 판결문 낭독 때에야 들어오게 될 겁니다."

변호사는 이렇게 말하고 나를 남겨둔 채 가버렸다.

문을 여닫는 소리가 들렸다. 사람들이 층계를 뛰어가는 소리가 들렸지만 멀고 가까움을 분간할 수는 없었다. 법정에서 무엇인가를 낭독하는 나직한 목소리가 들렸다.

다시 종이 울리고 피고석의 문이 열렸을 때 나에게로 밀려온 것은 장내의 침묵, 그리고 그 젊은 신문기자가 눈을 옆으로 돌리는 것을 보았을 때의 야릇한 느낌이었다. 나는 마리가 있는 쪽을 보지 못했다. 시간적 여유가 없었던 것이다. 왜냐하면 재판장이 이상한 목소리로, 내가 프랑스 국민의 이름으로 공공 광장에서 목이 잘리게 될 것이라고 말했기 때문이다.

그때 나는 모든 사람들의 얼굴에 떠오른 표정을 이해할 것 같았다. 그것은 분명 어떤 배려가 담긴 것이었다고 생각된다.

간수들은 나에게 아주 부드럽게 대했다.

변호사는 내 손목 위에 자기 손을 올려놓았다.

나는 이미 아무것도 생각하지 않고 있었다.

재판장이 나에게 무엇이든 할 말이 없느냐고 물었다.

나는 깊이 생각해 보았다.

“없습니다.” 나는 대답했다.

그리고 바로 나는 끌려 나왔다.

5

세 번째로 나는 교도소 부속 사제의 면회를 거절했다. 그에게 말할 것도 없고 그의 말을 듣는 것도 싫었다. 하지만 어차피 그를 만나게 되긴 할 것이다.

지금 나의 관심은 오직 기계장치에서 벗어나는 것, 불가피한 것으로부터 빠져 나갈 길이 있는지에 쏠려 있다.

내 감방이 바뀌었다. 반듯이 누우면 하늘이 내다보이는 감방이다. 보이는 것은 오직 하늘뿐이다. 낮에서 밤으로 옮겨가는 하늘빛의 변화를 바라보는 것으로 하루하루가 지나간다. 누워서 머리 밑에 손을 괴고 나는 기다린다.

사형선고를 받은 사람들 가운데 그 무자비한 기계장치에서 탈출한 예가 있었을까? 처형되기 직전에 종적을 감추었다든지 경찰의 경계망을 뚫고 달아난 예가 있었을까? 나는 수없이 자문했다. 그럴 때마다 나는 사형집행에 관한 이야기에 그동안 주의를 기울이지 않았던 것이 후회되었다. 그러한 문제에는 언제나 관심을 가져야 할 것이다. 언제 어떤 일을 당하게 될지 아무도 알 수 없는 것이다.

다른 사람들처럼 나도 신문에 난 기사를 읽은 적이 있긴 하다. 하지만 그런 문제를 다룬 특별한 저서들이 분명히 있었을 텐데, 나는 그런 것들을 찾아보고자 하는 호기심을 한 번도 가져본 적이 없었다. 그런 책들 속에는 분명히 탈출에 관한 이야기도 있었을 것이다. 적어도 한 번쯤은 바퀴가 멎어서, 절대로 거스를 수 없을 것 같은 치밀한 사전계획 속에서도 우연과 요행이 한 번쯤은 변동을 일으킨 적이 있었을지도 몰랐다.

단 한 번만! 아마도 단 한 번만으로 내게는 충분했을 것이라고 생각한다. 나머지는 내 마음으로 보충할 수 있었을 것이다. 신문에서는 흔히 사회에 대해 지고 있는 빚이 어쩌고저쩌고 하며 그것을 갚아야 한다고 떠들어 댄다. 하지만 그런 말은 상상력에 호소하지 못한다. 중요한 것은 탈출의 가능성이고, 무자비한 의식 밖으로의 도약이며, 무한한 희망의 기회를 제공하는 미친 듯한 질주뿐이었다.

물론 희망이라야 미친 듯이 달리다가 길모퉁이에서 날아오는 총탄에 맞아 쓰러지는 것뿐이다. 하지만 아무리 생각해도 그런 호사가 나에게 허락되지는 않을 것 같았다. 모두가 나에게 그것을 금지하고 있었고, 결국 기계장치가 나를 꼼짝없이 다시 붙들고야 마는 것이었다.

아무리 좋게 생각하려고 해도 나는 그렇게 턱없는 확실성을 받아들일 수가 없었다. 어쨌든 그 확실성에 근거를 제공한 판결과, 판결이 내려진 순간부터의 가차 없는 전개 과정 사이에는 어처구니없는 불균형이 있었기 때문이다.

판결문이 17시가 아니라 20시에 낭독되었다는 사실, 그 판결문이 전혀 다를 수도 있었다는 사실, 그것이 속옷을 갈아입는 인간들에 의하여 결정되었다는 사실, 그것이 프랑스 국민(혹은 독일 국민, 중국 국민)의 이름으로라는 지극히 모호한 관념으로 언도되었다는 사실, 그 모든 것이 그 판결의 진실성에 흠집을 내고 있는 것 같았다.

그런데도 그 선고가 내려진 순간부터 그 결과는, 내가 지금 몸을 비벼대고 있는 벽처럼 확실하고 준엄한 것으로 존재하는 것이었다.

엄마가 아버지에 대해 들려준 이야기가 생각났다. 나는 아버지를 본 적이 없었다. 아버지에 대해 내가 정확히 알고 있는 것은 오직 그때 엄마가 이야기해 준 것밖에 없었다.

아버지는 어느 살인범의 사형집행을 보러 갔었다. 그것을 보러 갈 생각만으로도 아버지는 병이 날 지경이었다. 그러면서도 아버지는 보러 갔고, 집에 돌아오자 아침에 먹었던 것을 조금 토했다.

그 말을 들었을 때 나는 아버지가 좀 싫어졌었다. 하지만 지금은 아버지의 행동이 이해가 되었다. 그것은 지극히 당연한 일이었으니까 말이다. 이 세상에 사형집행보다 더 중요한 일은 없으며, 그것이야말로 사람에게는 참으로 흥미 있는 유일한 일이라는 것을 어째서 나는 진작 알아차리지 못했을까!

만약에 내가 이 감옥에서 나가게 된다면 나는 모든 사형집행을 빠짐없이 다 보러 가겠다고 생각했다. 하지만 그러한 가능성을 꿈꾸어보는 것은 잘못이었다고 생각한다. 왜냐하면 어느 이른 아침, 비상경계선 밖에서, 그러니까 저쪽에서 내가 자유스러운 상태가 되어 나타나는 것을, 사형집행의 구경꾼으로 왔다가 나중에 토할 수 있게 된다는 것을 생각만 해도 억제할 수 없을 정도로 강렬한 기쁨의 물결이 가슴으로 북받쳐 올라왔기 때문이다.

그것은 이치에 맞지 않는 일이었다. 그런 가정을 마음에 두는 것은 잘못이었다. 왜냐하면 그럴 때마다 나는 너무나 추워서 이불을 뒤집어쓰고 몸을 웅크리지 않을 수 없었기 때문이다. 걷잡을 수 없도록 턱이 덜덜 떨렸기 때문이다.

하지만 물론 언제나 이치에 맞는 생각만 하고 살 수는 없는 법이다. 예컨대 또 어떤 때는 법률의 초안을 만들어보기도 했다. 형법 체제를 개혁하는 것이었다. 사형선고를 받은 자에게 기회를 주는 것이 요점이라는 것을 나는 곧 알아차렸다. 천 번에 단 한 번, 그것이면 수많은 일을 해결할 수 있었다.

수형자가 (나는 수형자라는 말을 생각해 냈다) 먹으면 열 번에 아홉 번만 죽는 그런 화학약품을 고안해내는 것은 어떨까 생각했다. 다만 그에게 먼저 그런 사실을 알려주어야 한다. 그것이 조건이었다.

왜냐하면, 냉정하게 곰곰이 생각해보면 단두대의 칼날을 사용할 경우의 결함은 그것이 아무런 기회도, 절대로 아무런 기회도 허용하지 않는다는 사실이라는 것을 나는 인정하지 않을 수 없었기 때문이다. 결국 어쩔 수 없이 수형자의 죽음은 결정되어버리고 마는 것이다. 그것은 처리가 끝난 일이며 확정된 배합이요 성립된 합의여서 취소할 여지가 없는 것이다. 만에 하나 어쩌다가 실패하는 경우가 있으면 다시 할 뿐이다. 그러므로 정말 난처한 일은, 수형자 입장에서는 기계가 아무 고장 없이 작동해주기만 바랄 수밖에 없다는 점이다. 내 말은 바로 그것이 결함이라는 것이다.

어떤 의미로 그것은 사실이다. 하지만 또 다른 의미로는 그 훌륭한 조직의 모든 비결이 거기에 있다는 것을 나는 또한 인정하지 않을 수 없었다. 요컨대 수형자는 정신적으로까지 협력하지 않으면 안 된다. 모든 것이 탈 없이 진행되는 것이 수형자에게 이로운 것이다.

나는 또한 그 문제에 관해서, 이제껏 정확하지 못한 생각을 가지고 있었다는 것을 인정하지 않을 수 없었다. 오랫동안 나는—왜 그랬는지는 몰라도—단두대에 처형되자면 층계를 밟고 단두대로 올라가야 한다고 생각하

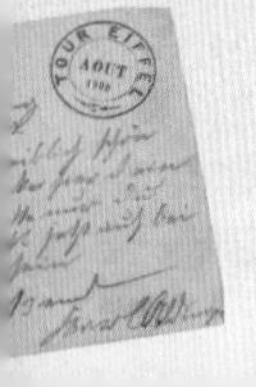

고 있었다. 그것은 아마도 1789년의 대혁명 때문일 것이다. 그때 그러한 문제에 관해서 사람들이 내게 가르쳐주고 또 보여주고 한 모든 것들 때문일 것이다.

어느 날 아침, 소문이 자자했던 어떤 사형집행이 있었을 때 신문에 실렸던 사진이 생각났다. 사실 기계는 땅바닥에 아주 간단하게 놓여 있었고, 생각했던 것보다 훨씬 좁았다. 그것이 좀 더 일찍 기억나지 않았다는 것이 이상했다. 그 사진에서 나는 무엇보다도 정밀한 기계제품답게 말끔하고 번쩍이는 기계 모양에 깊은 인상을 받았었다. 사람이란 잘 알지 못하는 것에 관해서는 항상 과장된 생각을 품는 법이다. 그러면서도 사실은 모든 것이 매우 간단하다는 것을 인정하지 않을 수 없었다.

기계는 그것을 향하여 걸어가는 사람과 같은 지면 위에 설치되어 있다. 그는 마치 누구를 만나러 가는 것처럼 걸어 가다가 기계와 만나게 된다. 어떤 의미로는 그것 또한 견디기 어려운 노릇이었다. 단두대로 올라간다면 하늘로 올라간다는 식으로 상상할 수도 있을 것이다. 그런데 그 점까지도 기계장치는 납작하게 짓눌러버리는 것이었다. 그저 좀 부끄러움을 느끼면서, 대단히 정확하게 목숨이 슬쩍 끊어지는 것이다.

그것 말고도 줄곧 내 머리를 떠나지 않는 것이 두 가지 있었다. 새벽녘과 상고였다. 하지만 나는 그런 생각을 하지 않으려고 애썼다.

누워서 하늘을 바라보며 거기에만 정신을 쏟으려고 애썼다. 하늘은 초록빛으로 변했다. 저녁이었다.

나는 생각의 방향을 돌리려고 또 애를 쓰고 있었다. 나는 심장이 뛰는 소리를 듣고 있었다. 오래 전부터 나를 따라다니던 그 소리가 멎어버릴 수 있으리라고는 아무리 해도 상상이 되지 않았다. 나는 진정한 상상력을 가져본 적이 없다. 그래도 이 심장의 고동 소리가 나에게 들리지 않게 될 순간을 나는 생각해보려고 애썼다. 하지만 헛수고였다. 새벽녘 또는 상고라는 것이 있었기 때문이다. 나는 마침내 내 마음을 억누르지 않는 것이 가장 현명한 일이라고 생각하기에 이르렀다.

그들이 새벽녘에 온다는 것을 나는 알고 있었다. 결국 나는 밤마다 그 새벽을 기다리며 지낸 셈이다. 갑자기 놀라는 것이 나는 언제나 싫었다. 무슨 일이 생기든 미리 마음의 준비를 하고 싶었던 것이다. 그 때문에 나는 마침내 낮에 조금 자두었다가 밤에는 꼬박 새벽빛이 천장 유리창 위에 훤히 밝아올 때까지 꾹 참고 기다리게끔

되었다. 가장 괴로운 때는, 내가 알기로 그들이 보통 그 일을 하러 오는 그 분간하기 어려운 시각이었다.

자정이 지나면 나는 기다리며 지켜보고 있었다. 나의 귀가 그처럼 많은 소리, 그렇게도 조그만 소리를 들어본 적은 일찍이 없었다. 그리고 그동안 발자국 소리는 한 번도 들리지 않았으니, 어떻게 보면 그 시기 동안 줄곧 나는 어지간히 운이 좋았다고 할 수도 있을 것이다.

사람이란 완전히 불행하게 되는 법은 없다고 엄마는 가끔 말했었다. 하늘이 빛을 띠고 새로운 하루가 나의 감방으로 새어들 때, 교도소 속에서 나는 엄마의 말이 옳다고 생각했다. 왜냐하면 발걸음 소리가 들려와서 내 심장이 터지고 말았을 수도 있었을 것이기 때문이다.

바스락 소리만 나도 나는 문으로 달려가 판자에 귀를 대고 제정신이 아닌 것처럼 기다렸다. 그러다가 나중에는 그것이 나 자신의 숨소리라는 것을 알게 되는데, 그 소리가 어떤 땐 마치 헐떡이는 개의 숨소리 같아서 깜짝 놀라는 일은 있었을지언정 결국 나의 심장은 터지지 않았고, 나는 다시 한 번 24시간을 벌게 되는 것이었다.

낮 동안에는 상고 생각을 했다. 나는 이 상고에 대한 생각을 가장 적절하게 이용했다고 믿는다. 효과를 면밀히 따져보고 최대의 능률을 얻을 방법을 깊이 생각해 보았던 것이다. 나는 늘 최악의 경우를 가정했다. 상고기각이 바로 그것이다.

"그래, 나는 죽을 수밖에 없는 거야."

다른 사람들보다 먼저 죽을 것은 분명하다. 그리고 인생이 별로 살 만한 가치가 없다는 것은 누구나 알고 있는 사실이다. 결국 서른 살에 죽든 예순 살에 죽든 별로 다를 것이 없다는 것을 나도 모르는 건 아니다. 그 어떤 경우에든 당연히 그 뒤엔 다른 남자들 다른 여자들이 살아갈 것이고 여러 천 년 동안 그럴 것이니까 말이다. 아마 그보다 더 분명한 것도 없을 것이다. 지금이건 20년 후건 여전히, 죽게 될 사람은 바로 나다.

그때 그러한 추론을 하면서 좀 거북스러웠던 것은, 앞으로 올 20년의 생활을 생각할 때 나의 마음속에 솟구쳐 오르는 무서운 용솟음이었다. 하지만 그것도, 20년 후에 어차피 그러한 지경에 이르렀을 적에 내가 어떻게 생각하게 될까를 상상하는 것으로 눌러버리면 그만이었다. 어차피 죽을 바에야 어떻게 죽든 언제 죽든 그런 건 문제가 아니다. 그것은 명백한 일이었다. 그러므로 (하지만 이 '그러므로'라는 말이 표시하는 모든 추론을 잊지 않는 것은 무척이나 어려운 일이었다), 나는 내 상고의 기각을 인정할 수밖에 없었다.

그때, 바로 그때에야 비로소, 나는 두 번째 가정을 생각해볼 권리를 가질 수가 있게 되었다. 나 자신에게 그렇게 하도록 허용할 수가 있게 된 것이다. 그 두 번째 가정이란 무죄석방이었다.

나는 상상만으로도 턱없이 기뻐 날뛰는 내 피와 육신의 북받침을 진정시키지 않으면 안 되었다. 그 부르짖음을 억누르고 타일러야만 했다. 그것이 내겐 좀 거북하게 느껴졌다. 첫 번째 가정을 단념하는 것을 타당하고 옳은 것으로 만들기 위해서는 이 두 번째 가정에서도 나는 태연해야만 했던 것이다. 내가 그럴 수 있을 때에는, 한 시간쯤 가라앉은 마음을 가질 수가 있었다. 그만하면 어쨌든 다행한 일이었다.

내가 또다시 부속 사제의 면회를 거절한 것은 바로 그런 때였다. 나는 누워서 하늘이 황금빛으로 물드는 것을 보고 여름 저녁이 가까워졌다는 것을 알았다. 나의 상고가 기각되고 난 뒤였는데, 나는 피가 규칙적으로 내 몸속을 제대로 돌고 있다는 것을 느낄 수 있었다. 나로 말하자면 굳이 사제를 만날 필요가 없는 상태였던 것이다.

오랜만에 나는 마리를 생각했다. 그녀가 내게 편지를 하지 않은 지 꽤 오래 되었다. 그날 저녁 나는 곰곰이 생각한 끝에 아마 사형선고를 받은 사람의 애인 놀이에 그만 지쳐버린 것이라고 결론을 내렸다. 그러면서도 어쩌면 병이 났거나 죽었을지도 모른다는 생각이 들기도 했다. 그것은 당연한 일이었다.

서로 떨어져 있는 우리의 두 육체 말고는 이제 우리를 연결시키는 것도 없고 서로 생각나게 하는 것도 아무것도 없는데 내가 어떻게 그녀의 사정을 알 수 있겠는가? 게다가 그렇다면 그때부터 이미 마리의 추억은 나와는 아무 관계도 없는 것이 될 것이었다. 죽었다면 마리는 더 이상 나의 관심의 대상이 못 된다. 그것은 당연한 일이라고 생각되었다. 마찬가지로 내가 죽은 뒤에 사람들이 나를 잊어버린다는 사실도 나는 잘 이해할 수 있었다. 그렇게 되면 사람들은 나와 아무 상관이 없어지는 것이다. 그런 일은 생각하기 괴로운 것이라고 말할 수도 없었다.

부속 사제가 들어온 것은 바로 그때였다. 그를 보자 나는 몸이 약간 떨렸다. 사제는 겁내지 말라고 했다.

나는 그에게 보통 다른 시간에 오지 않느냐고 물었다.

그는 자기가 이번에 온 것은 나의 상고와는 아무 관계가 없으며 순전히 친구로서의 면회일 뿐이라고 말했다. 그리고 상고에 관해서는 자기는 아무것도 모른다고 덧붙였다.

그는 내 침상 위에 앉은 다음, 나에게 가까이 와 앉으라고 권했다. 나는 거절했다. 그런데도 그는 매우 다정한 표정이었다.

그는 얼마 동안 무릎 위에 올려놓은 자기의 두 손을 내려다보며 앉아 있었다. 가냘프고 힘줄이 드러나 보이는 두 손은 마치 날렵한 짐승 같았다. 사제는 천천히 두 손을 비볐다. 그러고는 다시 머리를 숙이고 우두커니 앉아 있었다. 하도 오랫동안 그러고 있어서 나는 잠깐 그를 잊어버렸던 것 같다.

갑자기 그가 머리를 들고 나를 빤히 바라보았다.

"왜 나의 면회를 거절하십니까?" 그가 물었다.

나는 하느님을 믿지 않는다고 대답했다.

그 점에 대해 확신을 가질 수 있느냐고 그가 물었다.

나는 그런 것은 자문해볼 필요도 없는 일이라고 대답하고, 그런 것은 나에게 전혀 중요하지 않은 문제라고 생각된다고 덧붙였다.

그러자 그는 몸을 뒤로 젖히고 손을 펴 넓적다리 위에 얹은 채 등을 벽에 기댔다. 그는 꼭 나에게 하는 말은 아니라는 것처럼, 사람이란 자기는 확신한다고 생각하지만, 사실은 그렇지 못할 때가 있는 것이라고 설명했다.

나는 아무 말도 하지 않았다. 그는 나를 쳐다보았다.

"어떻게 생각하십니까?"

그럴 수도 있을 것이라고 나는 대답했다. 하지만 어쨌든 나는 내가 무엇에 관심이 없는지에 대해서만큼은 명백하게 확신할 수 있는데, 그가 이야기하려는 것은 바로 내가 관심이 없는 것이라고 말했다.

그는 눈을 돌렸지만 자세는 고치지 않았다.

절망한 나머지 그런 말을 하는 것이 아니냐고 그가 나에게 물었다.

나는 절망한 것이 아니라 다만 두려울 뿐이고, 그것은 당연한 일이라고 그에게 설명했다.

"그렇다면 하느님이 도와주실 것입니다. 당신과 같은 경우에 처했던 사람들 가운데 내가 아는 사람들은 모두 하느님께 돌아갔습니다." 그가 지적했다.

그건 그 사람들의 권리라고 나는 인정했다. 그것은 또한 그들에게 그럴 만한 시간이 있었다는 사실을 증명하고 있었다. 그런데 나로 말하자면 도움을 받는 것도 싫고, 관심 없는 것에 관심을 가질 시간도 없었던 것이다.

그때 그는 손으로 화가 난다는 표현을 했지만 곧 몸을 세우고 옷 주름을 바로잡았다. 그는 나를 '친구'라고 불렀다. 그리고 그가 나를 그렇게 부르는 것은 내가 사형선고를 받았기 때문은 아니라고 했다. 어차피 우리는 모두 사형선고를 받고 있다는 것이 그의 생각이었다.

나는 그의 이야기를 가로막고 그건 경우가 전혀 다른 것이고 절대로 위안이 될 수 없는 일이라고 말했다.

"그야 그렇죠. 하지만 지금 당장 죽지 않는다 해도 장차는 죽을 겁니다. 그리고 그때도 같은 문제가 생길 거구요. 그 무서운 시련을 당신은 어떻게 맞을 것입니까?"

나는 내가 지금 맞고 있는 것과 똑같은 방식으로 그 시련을 맞을 것이라고 대답했다.

그러자 그는 일어서서 내 눈을 똑바로 들여다보았다. 그것은 내가 익히 알고 있는 놀이였다. 나는 흔히 에마뉘엘이나 셀레스트와 그 놀이를 했는데 대개는 그들이 눈을 돌렸다. 사제도 그 놀이를 할 줄 안다는 것을 나는 곧 눈치 챌 수 있었다. 그의 눈길은 조금도 떨리지 않았다. 그리고 그 목소리 또한 조금도 떨리지 않았다.

"당신은 그럼 아무 희망도 없이, 죽으면 완전히 사라져버린다는 생각을 가지고 살고 있는 겁니까?"

"그렇습니다." 나는 대답했다.

그러자 그는 다시 침상에 걸터앉아 머리를 숙였다. 내가 불쌍하다고, 그것은 인간으로서 도저히 견딜 수 없는 일이라고 생각한다고 그가 말했다.

나는 그저 귀찮다는 느낌뿐이었다. 이번에는 내가 돌아서서 천장에 뚫린 창문 밑으로 갔다. 나는 어깨를 벽에 기대고 서있었다. 그가 또다시 나에게 뭐라고 묻는 것이 들려왔다. 나는 귀담아 듣지 않고 있었지만 그는 불안하고 절박한 목소리로 이야기하고 있었다. 나는 그가 몹시 흥분한 상태라는 것을 깨닫고 좀 더 귀를 기울였다.

나의 상고가 받아들여질 것이라고 확신하지만 나는 죄의 짐을 지고 있으므로 그것을 벗어야 한다고 그는 말하고 있었다. 그의 말로는 인간의 심판은 아무것도 아니고 하느님의 심판이 전부라는 것이었다.

나에게 사형을 선고한 것은 인간의 심판이라고 내가 지적했더니, 그렇지만 그것으로 나의 죄가 씻긴 것은 아니라고 그는 대답했다.

죄라는 것이 무엇인지 나는 모른다고 말했다. 내가 죄인이라는 것을 나는 남들이 가르쳐줘서 알게 되었을 뿐이고, 지금 나는 죄인으로서 죄의 대가를 치르는 것이니까 더 이상 나에게 요구할 수는 없을 것이었다.

그때 사제는 다시 일어섰다. 워낙 좁은 감방이라 그가 움직이려고 해도 선택의 여지는 없을 것이라고 나는 생각했다. 앉아 있든지 그냥 일어서 있든지 말이다.

나는 땅바닥을 내려다보고 있었다. 그는 한걸음 나에게로 다가서더니 더는 앞으로 나설 엄두가 안 난다는 듯이 멈춰 섰다. 그는 창살 너머로 하늘을 바라다보았다.

"당신은 잘못 생각하고 있어요. 몽 피스(mon fils: 사제가 남성 신자를 부를 때 쓰는 말로, '내 아들'이라는 뜻). 당신에게 그 이상의 것을 더 요구할 수 있어요. 또 실제로 요구하게 될 것입니다." 그는 말했다.

"무엇을 요구한단 말입니까?"

"보기를 요구할 겁니다."

"뭘 봐요?"

사제는 주위를 둘러보고 갑자기 지친 듯 대답했다.

"이 모든 돌들은 고통의 땀을 흘리고 있습니다. 나는 그것을 압니다. 나는 이것들을 바라볼 때마다 고통을 느낍니다. 하지만 나는 마음속 깊이, 당신들 가운데 가장 비참한 사람조차 이 돌들의 어둠 속에서 하느님의 얼굴을 보았다는 사실을 알고 있습니다. 우리가 당신에게 보라고 요구하는 것은 바로 그 얼굴입니다."

나는 좀 흥분했다. 나는 여러 달 전부터 그 벽을 들여다보고 있다고 말했다. 이 세상에서 그 어느 것에 대해서도, 그 누구에 대해서도 나는 그 벽보다 더 잘 알지 못할 정도라고 말했다.

오래 전에 나는 거기에서 하나의 얼굴을 찾아보려 하긴 했다. 하지만 그 얼굴은 태양의 빛과 욕정의 불꽃을 담은 것이었다. 그것은 마리의 얼굴이었던 것이다. 나는 그것을 찾으려고 했지만 헛일이었다. 그리고 이제는 그나마도 지나간 일이다.

어쨌든 나는 그 고통의 땀을 흘린다는 돌에서 솟아나는 것은 아무것도 보지 못했다고 말했다.

사제는 슬픈 표정으로 나를 쳐다보았다. 이제 나는 벽에 등을 완전히 기대고 있었기 때문에 빛이 나의 이마 위로 흐르고 있었다. 그는 뭐라고 몇 마디 더 말했지만 나는 알아듣지 못했다. 그가 매우 빠른 말투로 나를 안아도 좋겠느냐고 물었다.

"싫습니다." 나는 대답했다.

그는 돌아서서 벽으로 걸어가더니 천천히 그 위에 손을 갖다 댔다.

"그렇게도 이 땅을 사랑합니까?" 그가 중얼거렸다.

나는 아무 대답도 하지 않았다.

그는 상당히 오랫동안 그렇게 돌아서 있었다. 방안에 그가 있는 것이 성가시고 거북했다. 그에게 혼자 있고 싶으니 가달라고 말하려는데, 그는 다시 나에게로 돌아서면서 갑자기 요란스럽게 외쳤다.

"당신 말을 나는 믿을 수가 없습니다. 당신도 다른 생애를 바란 적이 있었을 거라고 나는 확신합니다."

물론 그렇다. 하지만 그것은 부자가 되거나, 헤엄을 더 빨리 칠 수 있게 되거나, 더 잘생긴 입을 가지게 되는 것을 바라는 것보다 더 중요할 게 없다고 나는 대답했다. 그것도 그와 같은 종류의 일인 것이다.

하지만 그는 나의 말을 가로막고 그 다른 생애라는 것을 어떻게 상상하느냐고 물었다.

"지금의 이 생애를 추억할 수 있는 그런 생애요!"

나는 커다랗게 외치고 나서 이제 그런 이야기는 더 듣고 싶지 않다고 말했다. 그는 또 하느님 이야기를 꺼내려고 했지만 나는 그에게로 한 발 다가서며, 나에게는 남은 시간이 조금밖에 없다는 것을 마지막으로 한 번 더 설명했다. 그렇기 때문에 나는 하느님 이야기로 시간을 낭비하고 싶지 않다고 말이다.

그는 화제를 바꾸려고, 왜 자기를 '몽 페르'(mon pere: 신부님 또는 아버지)라고 부르지 않고 '므시외'(monsieur: 남성을 높여 부르는 말)라고 부르냐고 물었다.

그 말에 나는 화가 나서, 당신은 나의 아버지가 아니고 다른 사람들과 한 패라고 대답했다.

"아닙니다, 몽 피스! 나는 당신 편입니다. 당신은 지금 마음의 눈이 멀어서 그것을 모르는 것입니다. 당신을 위해서 기도하겠습니다."

그는 나의 어깨 위에 손을 올려놓고 말했다.

그때 왜 그랬는지 모르겠다. 갑자기 내 속에서 무엇인가가 툭 터져버리고 말았다. 나는 목이 터져라 고함치기 시작했고 그에게 욕설을 퍼부으면서 기도하지 말라고 말했다. 나는 그의 신부복 깃을 움켜잡았다. 기쁨과 분노가 뒤섞여 솟구쳐 올랐다. 나는 그에게 마음속을 송두리째 쏟아버렸다.

너는 어지간히도 자신만만하군. 하지만 도대체 뭐야? 너의 신념이란 건 여자의 머리카락 한 올만한 가치도 없어. 너는 고작 죽은 사람처럼 살고 있는 거니까. 살아 있다는 것에 대한 확신조차 너에게는 없잖아?

네가 보기에 나는 달랑 맨주먹 하나뿐인 것 같을지 모르지만 나에겐 확신이 있어. 나 자신에 대한 확신, 모든 것에 대한 확신. 그리고 너보다 더한 확신이 있어. 나의 인생과 닥쳐올 이 죽음에 대한 확신이 있어.

그래! 나한테는 이것밖에 없어. 하지만 적어도 나는 이 사실을, 그것이 나를 붙들고 놓지 않는 것과 마찬가지로 굳게 붙들고 있어.

내 생각은 옳았고 지금도 옳고 앞으로도 언제나 옳을 거야. 나는 이렇게 살았지만 또 다르게 살 수도 있었겠지. 나는 어떤 것은 하고 어떤 것은 하지 않았어. 이런 일은 하지 않았지만 저런 일은 하기도 했지. 그게 어때서? 나는 마치 저 순간을, 내가 정당하다는 것이 증명될 저 새벽을 이제껏 기다리며 살아온 것만 같아.

이 세상에 중요한 것은 아무것도 없어. 나는 그 까닭을 알고 있어. 그리고 아마 너도 그 까닭을 알고 있을 거야. 내가 살아온 이 부조리한 인생 전체에 걸쳐서, 내 미래의 저 밑바닥으로부터 늘 한 줄기 어두운 바람이, 아직도 오지 않은 세월을 거쳐서 내게로 불어 올라오고 있어. 내가 살고 있는, 더 실감난다고 할 것도 없는 세월 속에서 나에게 주어지는 것은 모두, 그 바람이 쓸고 지나가면서 서로 아무 차이가 없는 것으로 만들어버리는 거야.

다른 사람들의 죽음, 어머니의 사랑, 그런 것이 도대체 뭐가 중요해? 너의 하느님도, 사람들이 선택하는 삶도, 사람들이 안고 사는 숙명도, 그런 것들이 대체 내게 왜 중요하다는 거야? 내가 택할 수 있는 숙명은 어차피 오직 하나뿐이고, 너처럼 나의 형제라고 하는 수많은 특권을 가진 사람들 역시 택할 수 있는 숙명은 하나뿐이야. 알아? 사람은 누구나 다 특권을 가지고 있어. 이 세상에는 온통 특권을 가진 사람들밖에는 없는 거야.

다른 사람들도 언젠간 사형을 선고받겠지. 너 역시 사형을 선고받을 거야. 내가 살인범으로 기소되었으면서 어머니의 장례식 때 눈물을 흘리지 않았다는 이유로 사형을 받게 된다고 한들 그게 뭐 중요해?

살라마노의 개나 그의 마누라나 그 가치를 따지면 그게 그거야. 자동인형 같은 그 작은 여자도, 마송과 결혼

한 그 파리 여자도, 나와 결혼하고 싶어 하던 마리도 다 똑같은 죄인인 거지.

셀레스트는 레몽보다 훨씬 나은 인간이지만 레몽도 셀레스트처럼 내 친구라고 한들 그까짓 게 뭐 중요하냐고? 마리가 오늘 또 다른 뫼르소에게 입술을 바치고 있다고 한들 그게 뭐 어떻다고? 이 사형수야, 넌 도대체 알기나 해? 미래의 저 밑바닥에서……

이렇게 모든 것을 쏟아내느라 나는 숨이 막혔다. 하지만 벌써 간수들이 들어와 사제를 내 손아귀에서 떼어내고 나를 위협했다. 하지만 사제는 그들을 진정시키고 잠시 묵묵히 나를 바라보았다. 그의 눈에는 눈물이 가득 고여 있었다. 그는 마침내 돌아서서 사라졌다.

그가 나가버린 뒤에 나의 마음은 다시 가라앉았다. 나는 기진맥진해서 침상 위에 몸을 던졌다. 그러고는 바로 잠이 들었던 모양이다. 왜냐하면 눈을 뜨자 창밖으로 별이 보였기 때문이다. 들판의 소리들이 나에게까지 올라왔다. 밤 냄새, 흙 냄새, 소금 냄새가 관자놀이를 시원하게 해주었다. 잠든 그 여름밤의 그 희한한 평화가 밀물처럼 내 속으로 흘러들었다.

그때 밤의 저 끝자락에서 뱃고동 소리가 울렸다. 그것은 이제 나에게 영원히 관계가 없게 된 세계로의 출발을 알리고 있었다. 참으로 오랜만에 나는 엄마를 생각했다.

엄마는 왜 인생이 다 끝나갈 때 '약혼자'를 만들어 가졌는지, 왜 생애를 다시 시작해보는 놀이를 했는지 이해할 수 있을 것 같았다.

뭇 생명들이 꺼져가는 그 양로원 근처에서도, 저녁은 우수가 깃들어 있는 그윽한 휴식시간 같았었다. 그처럼 죽음 가까이에서 엄마는 해방감을 느꼈을 것이고, 모든 것을 다시 살아볼 마음이 내켰을 것이다. 아마 틀림없이 그랬을 것이다. 아무도 엄마의 죽음을 슬퍼할 권리는 없는 것이다.

그러자 나도 또한 모든 것을 다시 살아볼 수 있을 것 같은 생각이 들었다. 그 커다란 분노가 나의 고뇌를 씻어주고 희망을 가시게 해준 것 같았다.

무수한 신호와 별들로 가득한 밤을 앞에 두고, 나는 처음으로 세계의 정다운 무관심에 마음을 열고 있었던 것이다.

그처럼 세계가 나와 형제처럼 닮아 있다는 것을 깨닫자 나는 전에도 행복했고, 지금도 행복하다고 느꼈다.

모든 것이 완성되도록, 내가 덜 외롭게 느끼도록, 내가 바라는 것은 이제 다만, 내가 처형되는 날 구경꾼들이 많이 몰려와서 증오의 함성으로 나를 맞아 주었으면 하는 것뿐이다.

미국판 서문

"우리 사회에서는 자기 어머니의 장례식에서 울지 않은 사람은 누구나 사형선고를 받을 위험이 있다."

나는 오래 전에 《이방인》을 이렇게 요약한 적이 있다. 그것은 나 스스로도 매우 역설적이라고 인정하는 바이지만 그때 나는 다만, 이 책의 주인공은 유희에 참가하려고 하지 않았기 때문에 유죄선고를 받았다는 말을 하고 싶었다.

그런 의미에서 그는 자기가 사는 사회에서 이방인이며 주변적인 인물로서 외롭게 관능적으로 살아간다. 그리고 그런 이유로 독자들은 그를 일종의 표류물과도 같이 간주하고 싶은 느낌을 받는 것이다.

하지만 뫼르소가 어떤 면에서 유희를 하지 않으려고 하는 것인지 자문해 보면 그 인물에 대한 더 정확한 생각을, 어쨌든 작가의 의도와 조금 더 일치하는 생각을 갖게 될 것이다.

그 대답은 간단하다. 그는 거짓말을 거부한다.

거짓말을 한다는 것은 단순히, 있지도 않은 것을 말하

는 것만이 아니다. 그것은 실제로 있는 것 이상을 말하는 것, 특히 인간의 마음에 대한 것일 때는, 자신이 느끼는 것 이상을 말하는 것을 뜻한다.

그런데 그것은 삶을 좀 쉽게, 간단하게 살기 위해 우리들 누구나 늘, 매일 하는 일이다. 그런데 뫼르소는 겉보기와는 달리 삶을 쉽게 살고자 하지 않는다. 그는 있는 그대로, 느낌 그대로 말하고 자신의 감정을 은폐하지 않는 것이다.

그런 사람 앞에서 사회는 즉시 위협당한다고 느끼게 마련이다. 사람들은 그에게 관례대로의 공식에 따라 스스로 저지른 죄를 뉘우친다고 말하기를 요구한다.

하지만 그는, 그 점에 대해서 뉘우치기보다는 오히려 귀찮은 일이라고 대답한다. 이런 뉘앙스 때문에 그는 유죄선고를 받게 되는 것이다.

그러므로 내 생각에 뫼르소는 표류물 같은 존재는 아니다. 그는 가난하고 가식이 없는 인간이다. 어느 한 군데도 어두운 구석을 남겨놓지 않는 한여름의 태양을 그는 사랑한다. 그에게 감수성이 결여되어 있다고는 절대로 말할 수 없다.

집요하기 때문에 어쩌면 더 뿌리 깊은 정열이 그에게

활력을 공급한다. 그것은 바로 절대에 대한, 진실에 대한 정열이다. 그것은 지극히 소극적인 진실로 존재한다는 진실, 느낀다는 진실이다. 하지만 그 진실이 없이는 자아와 세계에 대한 그 어떤 통찰도, 정복도 불가능할 것이다.

영웅적인 태도라고는 전혀 보이지 않으면서도 진실을 위해서는 죽음을 마다하지 않는 한 인간을 《이방인》 속에서 읽는다면 크게 틀린 것이 아니라고 할 수 있겠다.

여전히 좀 역설적인 뜻에서 한 것이지만, 나는 내 인물을 통해서, 우리의 분수에 맞는 단 하나의 그리스도를 그려보려고 했다는 말을 한 적이 있다.

내 나름대로는 설명을 할 만큼 했으니까 나의 이 말에 그 어떤 신성모독적인 의도도 담겨 있지 않고, 그저 예술가가 스스로 창조한 인물들에 대하여 느낄 권리가 있는 약간 아이러니한 애정만이 담겨 있다는 것을 여러분은 이해할 수 있을 것이라고 믿는다.

1955년 1월 8일

알베르 카뮈

《이방인》에 대한 편지

친애하는 선생님.

(……)

당신의 계획을 듣고 내가 좀 망설이고 있다는 것을 짐작하실 수 있겠지요. 내가 온갖 형태의 연극 활동에 관심을 기울여 온 지 어느덧 20여 년입니다. 나 자신 배우였고 연출도 했습니다. 그래서 연극 무대의 조명은 소설 속에 도입된, 계산된 빛과는 다를 수 있고, 어떤 면에서는 상관이 없다는 것을 나는 잘 알고 있습니다. 소설 속에서는 얼마든지 잘 버티고 서 있을 수 있는 인물이 연극 무대의 세찬 조명 아래서는 완전히 무너져 앉아버릴 수도 있으니까요.

하지만 당신과 드블뤼 씨의 편지를 받고 모험을 해보고 싶은 욕심이 생겼습니다. 그리고 나는 어떤 공동작업을 결정하기 전에 바랄 수 있는 유일한 보증은 공감이라는 사실을 경험을 통해서 알고 있습니다.

《이방인》을 각색하여 무대에 올리는 것에 대하여 나의 허락을 받은 것으로 생각해도 좋습니다.

나는 그 작품을 각색하지 않겠습니다. 사실 나는 그 인물을 나의 소설 속에서 결정적인 모습으로 보았기 때문에 그에 대한 관점이나 시선을 다른 쪽으로 돌릴 수가 없습니다. 그러니 당신의 계획에 대한 내 생각을 몇 가지 말하는 것으로 충분할 것 같습니다.

지금부터 우리는 작업을 같이 하는 동료입니다. 그러니까 이제부터는 간단하고 솔직하게 말하기로 합시다. 그러는 편이 좋으니까요.

나는 두 가지 반대 의견을 말하고 싶습니다.

1. 무대에서 살인 장면이 보이지 않는 것은 곤란합니다. 무엇보다도 그 장면은 이 이야기의 핵심이기 때문입니다. 태양이 가득한 살인 말입니다.

여기서 태양은 그것을 중심으로 하여 드라마가 전개되도록 만들어져 있는, 그야말로 중심입니다. 드라마는 그 뜨거운 태양의 빛을 받음으로써 카프카식의 어둡침침하고 현실과 거리가 있는 이야기로 변질되어버리지 않을 수 있는 것입니다.

당신은 그 살인 장면을 무대 위에 나타내 보이기가 어렵다고 말하지만, 나는 바로 그렇기 때문에 표현방법을 찾아내야 한다고 대답하고 싶습니다.

찾아보세요. 그 방법을 찾아낸다면 당신은 무대 연출의 진정한 독창성을 획득할 수 있게 될 것입니다.

2. 여섯 번째 장을 독백으로 끝마치고 싶다고 했는데 내가 보기에 그것은 불가능한 일입니다. 연극에서 독백은 행동과 맞물려 있을 경우에만 (그것도 대배우를 기용할 경우에만) 겨우 참고 봐줄 수 있는 것입니다.

게다가 당신이 생각하는 그 대목에서라면 독백은 '교훈'의 느낌을 줄 것입니다. 완전히 인위적인 것이 되어버리는 것이지요. 화해의 테마는 그대로 간직되어야 마땅합니다. 이 점 역시 어떻게 하면 좋을지 잘 연구해 보시기 바랍니다.

그리고 당신도 물론 이미 알고 있으리라 생각합니다만, 꼭 피해야 할 위험들, 간단히 말해서 1925년 이래 귀국에서 그토록 많은 추종자들이 생겨나고 있는 카프카류, 혹은 표현주의류는 피하라고 충고하겠습니다.

《이방인》은 사실주의도 아니고 환상적 장르도 아닙니다. 나로서는 오히려 육화된 신화, 그것도 삶의 살과 열기 속에 깊이 뿌리박힌 신화라고 봅니다.

어떤 사람들은 이 작품에서 새로운 유형의 배덕자를 발견할 수 있다고 하지만 그건 완전히 틀린 생각입니다.

여기서 정면으로 공격받고 있는 대상은 윤리가 아니라 재판의 세계입니다. 재판의 세계란 부르주아이기도 하고 나치이기도 하고 공산주의이기도 합니다. 한마디로 말해서 우리 시대의 모든 암들입니다.

뫼르소로 말하자면 그에게는 긍정적인 그 무엇이 있습니다. 그것은 죽는 한이 있더라도 거짓말을 하지 않겠다는 결연한 거부의 자세입니다.

거짓말을 한다는 것은 단순히 있지도 않은 것을 있다고 말하는 것만이 아니라, 대부분의 경우 사회에 적응하기 위해서, 자기가 아는 것보다 더 많이, 또는 다르게 말하는 것에 동의하는 것도 의미합니다.

뫼르소는 판사들이나 사회의 법칙이나 판에 박힌 감정들의 편이 아닙니다. 그는 햇볕이 내리쬐는 곳의 돌이나 바람이나 바다처럼 (이런 것들은 거짓말을 하지 않아요) 존재합니다.

만약 당신이 이 책을 이러한 측면에서 해석해 본다면 거기서 정직성의 모럴을, 그리고 이 세상을 사는 기쁨에 대한 해학적이면서도 비극적인 찬양을 발견하게 될 것입니다. 따라서 이 작품에서는 어둠이라든가 표현주의적인 희화라든가 절망의 빛 같은 것은 전혀 관심의 대상이 아닙니다.

알베르 카뮈

작가 소개

알베르 카뮈 (Albert Camus, 1913–1960)

부조리 속에서 인간의 존엄을 말한 작가!

인간 존재의 의미를 끝까지 묻는 일이 과연 가능한 일일까? 세계는 설명되지 않고, 삶은 종종 무의미하게 흘러간다. 그러나 그 모든 침묵 앞에서도 살아야 한다고, 오히려 그 침묵과 대면하는 것 자체가 인간의 품위라고 말한 작가가 있다. 그는 다정하면서도 냉정했고, 명료하면서도 깊은 고뇌를 품은 언어로 시대를 건넜다. 그의 이름은 알베르 카뮈, 20세기 문학과 철학의 가장 고요한 저항자였다.

1913년, 북아프리카 알제리의 가난한 노동자 가정에서 태어난 그는 어릴 적 아버지를 전쟁으로 잃고, 어머니의 침묵 속에서 자랐다. 부유하지도, 교육의 기회가 넉넉하지도 않았지만 그는 문학과 철학을 통해 세상을 읽었다. 알제리의 햇빛 아래에서 그는 '살아 있음'의 감각과 '죽음에 대한 자각'을 동시에 배웠고, 그것이 훗날 그의 문장에 뿌리 내렸다.

카뮈는 전통적인 철학자들과는 달랐다. 그는 개념보다 인간을, 이론보다 행동을, 정답보다 질문을 사랑했다. 그의 대표작 『이방인』에서 뫼르소는 세상의 의미를 찾으려 하지 않으며, 오히려 '의미 없음' 자체를 수용한다. 그러나 그 수용은 포기의 다른 이름이 아니다. 『시지프 신화』에서 카뮈는 말한다. "우리는 시지프를 행복한 사람으로 상상해야 한다"고. 그것은 부조리한 운명을 껴안는, 절망 너머의 긍정이었다.

그는 철학자였지만, 행동하지 않는 사유를 경계했다. 제2차 세계대전 동안 프랑스 레지스탕스 언론 『콩바』의 편집장을 맡아 직접 펜으로 저항했으며, 식민지 문제와 정의에 대해 끊임없이 발언했다. 사르트르와의 결별 또한 단지 철학적 노선의 차이 때문만은 아니었다. 카뮈는 인간의 생명, 양심, 고통의 구체성을 결코 사상 아래에 둘 수 없었다.

1957년, 그는 노벨문학상을 수상했다. 여전히 젊었고, 세계는 그의 목소리를 기대했다. 그러나 3년 뒤, 예기치 못한 교통사고로 세상을 떠난다. 가방 속에는 미완의 자전적 소설 『최초의 인간』 원고가 있었다. 그의 삶은 그렇게 끝났지만, 그의 문장은 지금도 여전히 우리에게 질문

한다. "당신은 이 부조리한 세계에서 어떻게 살 것인가?"

카뮈는 우리에게 완성된 철학이나 정답을 주지 않았다. 대신 그는 '살아가는 태도' 그 자체를 문학 속에 담아 남겼다. 희망도 절망도 강요하지 않은 채, 그는 조용히 말한다. "삶이란, 설명되지 않아도 계속 살아내야 하는 것이다."

〈작가적 특징 요약〉

- 부조리 인식: 인간이 세계에서 느끼는 의미 없는 충돌을 '부조리'라 정의함.
- 행동의 윤리: 절망을 넘어선 도덕적 저항을 문학 속에서 제안함.
- 명료한 문체: 프랑스 문학 전통 중에서도 특히 간결하고 맑은 문체로 평가받음.
- 실천적 지식인: 전쟁과 식민지 문제에 있어 적극적인 참여와 비판을 실천함.

마 음 을 풍 요 롭 게 바 꾸 는 필 사 의 즐 거 움

필사노트

NO.

년

월

열린문학

이방인

	읽은 날짜	책제목
01	–	
02	–	
03	–	
04	–	
05	–	
06	–	
07	–	
08	–	
09	–	
10	–	
11	–	
12	–	
13	–	
14	–	
15	–	

작가	페이지	출판사	평가
			그저 그래 / 재미있어 / 완전 감동

01	책제목	작가

좋은 구절

요약 및 느낀점

02	책제목	작가

좋은 구절

요약 및 느낀점

감상 및 마음에 남는 문장

01	책제목	작가

좋은 구절

요약 및 느낀점

02	책제목	작가

좋은 구절

요약 및 느낀점

1. 무관심한 세계, 감정의 결핍

오늘, 엄마가 죽었다. 어쩌면 어제일지도 모른다.

나는 별다른 감정이 들지 않았다.

나는 울지 않았다. 장례식 동안에도.

"어머니를 사랑했나요?" "글쎄요, 뭐, 그랬던 것 같아요."

해는 너무 뜨겁고, 나는 너무 졸렸다.

나는 슬퍼야 한다는 사실은 알았지만, 그렇지 않았다.

나는 눈을 감았고, 아무런 생각도 하지 않았다.

감정이란, 꼭 있어야 할 필요가 있을까?

나는 아무것도 느끼지 않으면서 살아왔다.

엄마의 죽음 앞에서도 나는 변하지 않았다.

나는 남들과 다르지 않다고 생각했지만, 그들은 나를 다르게 보았다.

나는 울지 않았고, 그래서 이상하다고 했다.

내 안에는 뜨거운 감정도, 차가운 눈물도 없었다.

나는 그저 상황에 순응하며 움직였다.

사랑이나 슬픔을 증명해야 할 이유가 있을까?

1. 무관심한 세계, 감정의 결핍

그는 내 감정을 의심했다. 나는 설명하지 않았다.

나는 다른 사람의 기대에 부응하지 못하는 인간이었다.

사람들은 감정이 없다면 괴물이라 한다.

나는 나를 연기할 수 없었다.

감정이 없는 것이 아니라, 감정의 언어가 달랐다.

그들은 내가 침묵하는 것을 이해하지 못했다.

내가 말하지 않으면, 그들은 분노했다.

나는 감정을 감추려 하지 않았다 — 애초에 없었으니까.

그들은 내가 인간이 아니라고 말했다.

나는 다만, 지나치게 솔직했다.

감정은 내게 자연스러운 것이 아니었다.

나는 타인의 기대를 이해할 수 없었다.

나는 아무 말도 하지 않았고, 그것이 문제였다.

나는 그저 해가 너무 눈부셔서 총을 쐈다.

나는 이해받고 싶지도 않았다.

2. 타자성과 소외

나는 세상의 이방인이었다.

세상은 나를 환영하지 않았고, 나도 세상을 반기지 않았다.

나는 이 사회에 소속감을 느낀 적이 없다.

그들은 나를 이해하지 못했다.

나는 인간들 사이에 있었지만, 그들과 연결되어 있지 않았다.

나는 항상 가장자리에 서 있었다.

모든 것이 낯설었고, 그 낯섦이 편안했다.

나는 세상에 억지로 들어온 느낌이었다.

그들과 나는 전혀 다른 방식으로 살고 있었다.

나는 그들의 눈빛이 두려웠다.

내 말은 닿지 않았고, 그들의 말도 닿지 않았다.

나는 나로 남을 수밖에 없었다.

외로움보다 더 깊은 고립이 있었다.

사람들과 함께 있지만, 언제나 혼자였다.

나는 그들의 기준에 속할 수 없었다.

타인은 나를 계속해서 규정하려 했다.

나는 그런 규정에서 벗어나고 싶었다.

사람들은 내 이름보다, 나의 침묵을 기억했다.

나는 사람들과 가까워질수록 더 고독했다.

관계란, 나를 지우는 과정처럼 느껴졌다.

그들은 내가 침묵하는 이유를 물었고, 나는 대답하지 않았다.

나는 침묵으로 자신을 지켰다.

타인의 시선은 나를 설명할 수 없는 존재로 만들었다.

그들과의 거리를 좁히려 하지 않았다.

세상이 나를 규정하는 방식이 마음에 들지 않았다.

나는 단지 존재했을 뿐, 이해받으려 하지 않았다.

나는 나 자신과만 관계하고 싶었다.

그들과 내가 같을 수는 없었다.

나는 사회라는 말이 주는 부담을 견디지 못했다.

고독은 나의 자연스러운 상태였다.

3. 죽음, 부조리, 삶의 무의미

나는 언젠가 죽을 것이다 — 모두가 그렇다.

죽음은 별로 대단한 일이 아니다.

죽음을 받아들이는 순간, 모든 것이 명확해졌다.

살인자나 성인이나 결국 죽는다.

삶이란 우연이고, 죽음은 필연이다.

나는 죽음이 두렵지 않았다.

죽음은 무서운 것이 아니라, 당연한 것이었다.

살아야 할 이유는 애초에 없었다.

우리는 모두 죽음이라는 방향으로 걷고 있다.

죽음이 가까워질수록 삶은 가벼워졌다.

사람들은 삶의 의미를 묻지만, 거기엔 정답이 없다.

삶이란 바다처럼 무심하다.

세상은 나에게 아무것도 약속하지 않았다.

나는 삶을 사랑하지도, 미워하지도 않았다.

죽음 앞에서 삶의 무게는 사라졌다.

3. 죽음, 부조리, 삶의 무의미

신은 존재하지 않았고, 나는 그 사실에 안도했다.

나는 부조리한 삶 속에서도 침착했다.

그 어떤 철학도 나를 구원하지 않았다.

나는 나를 심판하지 않았다.

세상은 이해되지 않았다.

죽음은 삶의 연장이었을 뿐이다.

감옥에서 바라보는 하늘이 전부였다.

한 줌의 모래처럼, 우리는 흩어진다.

나는 우주 속 먼지 같은 존재였다.

내 삶은 아무런 의무도 지지 않았다.

나는 나에게 의미를 부여하지 않았다.

인생은 한 장의 흑백 사진 같았다.

나는 끝을 알고 있었기에 오히려 편안했다.

삶이 허무하다는 것은 더 이상 슬프지 않았다.

의미가 없다는 것이 오히려 해방이었다.

4. 재판과 타인의 도덕

그들은 내가 울지 않았다는 이유로 나를 죄인으로 만들었다.

나는 감정의 부재로 유죄를 선고받았다.

그들은 내 죄보다 내 태도를 문제 삼았다.

재판은 진실이 아니라, 연극이었다.

판결은 이미 내려져 있었다.

나는 변명하지 않았다.

그들은 내가 후회하지 않는다는 이유로 분노했다.

나는 그들의 법을 이해하지 못했다.

도덕은 권력의 또 다른 이름이었다.

정의란 말은 나를 설득하지 못했다.

그들은 내가 눈물을 흘리길 원했다.

감정 없는 자는 사회의 적이었다.

그들은 내가 인간이 아니라는 듯이 말했다.

진실은 말하지 않아도 되는 것이었다.

나는 아무것도 바꾸지 않았다.

재판은 이미 연극처럼 짜여 있었다.

그들의 말은 공허했고, 나는 침묵했다.

나는 목숨을 구걸하지 않았다.

타인의 법은 나를 설명하지 못했다.

나는 무죄도 유죄도 아닌, 그저 내가 되었다.

그들의 분노는 나의 고요를 흔들지 못했다.

나는 끝까지 나 자신으로 남고자 했다.

그들은 감정의 극장을 원했고, 나는 배우가 아니었다.

나는 죄를 지었지만, 그것이 이유는 아니었다.

나는 사람들의 기대를 저버리는 방식으로 살았다.

그들은 내가 반성하길 바랐고, 나는 침묵했다.

나의 침묵이 그들에게는 도전이었다.

나는 세상의 언어로 말하지 않았다.

나는 감옥에서도 자유로웠다.

그들의 법이 나를 구속할 수 없었다.

5. 존재의 자각과 해방

나는 죽음을 통해 삶을 이해했다.

나는 마침내 모든 것을 받아들였다.

세상은 무관심했고, 나도 마찬가지였다.

나는 우주의 일부로 살아 있었다.

내가 사라진다고 해도, 아무 일도 일어나지 않을 것이다.

삶은 고요했고, 나는 고요 속에서 웃었다.

마지막 순간에 나는 진정으로 존재했다.

그 어떤 감정도, 마지막의 평온만 못했다.

나는 삶과 화해했다.

죽음을 두려워하지 않는 자만이 살아 있다.

나는 삶의 결론을 받아들였다.

나는 태어났고, 살았고, 죽을 것이다 — 그것으로 충분하다.

마지막엔 모든 것이 명확해졌다.

나는 고독했고, 그것이 자유였다.

세상은 나를 알지 못했고, 그래서 나는 자유였다.

나는 바람처럼, 빛처럼 살고 싶었다.

나는 설명하지 않았고, 느꼈다.

마지막엔 아무 말도 필요하지 않았다.

해가 지고 있었다. 그리고 나는 미소 지었다.

나는 마침내 나 자신이 되었다.

죽음을 앞둔 지금, 나는 가볍다.

나는 어머니와 같은 방식으로 죽음을 맞고 싶다.

어머니도 새로운 삶을 시작했을 것이다.

죽음은 시작이다.

나는 이 세상에 적응하지 못했지만, 그것이 나였다.

나는 이방인이었지만, 이제 한 세계의 일부다.

나는 이 생을 감각하고, 이제 놓아준다.

나는 지금 처음으로 세상을 사랑한다.

삶은 부조리했지만, 아름다웠다.

나는 모든 것을 받아들이고, 기꺼이 죽는다.